밤으로의 긴 여로

밤으로의 긴 여로

유진 오닐

조기준 옮김

Atto Book

나의 칼로타,
우리의 열두 번째 결혼기념일에…

사랑하는 당신이여,
나의 오랜 슬픔을 눈물로, 피로 집필한 이 작품의 원고를 당신께 바치나니.
행복을 기념하는 날을 위한 선물로는 더없이 슬프고 부적절한 것인지도 모르
겠소.
하지만 분명 당신은 이해할 테지.
나에게 사랑에 대한 신념을 주었고
마침내 죽은 가족을 마주하고서 이 극을 집필할 수 있도록 해준
고뇌에 시달리는 티론 가족 네 사람 모두에 대한
깊은 연민과 이해와 용서로 이 작품을 쓸 수 있도록 이끌어준,
당신의 뜨거운 사랑과 더없는 다정함에 감사함을 담아
이 글을 바친다오.

소중한 내 사랑, 당신과 함께한 12년은
빛으로의, 사랑으로의 여로였으며.
당신을 향한 내 감사의 마음을 당신도 분명 알 것이오.
물론 내 사랑도!

타오 하우스에서 유진 오닐 쓰다,

1941년 7월 22일

등장인물

제임스 티론
메리 캐번 티론 - 아내
제임스 티론 2세 - 제이미, 맏아들
에드먼드 티론 - 막내아들
캐슬린 - 하녀

무대 배경

제1막   티론의 여름 별장의 거실
         1912년 8월 어느 날 오전 8시 30분

제2막   1장 동일한 곳, 낮 12시 45분 정도
         2장 동일한 곳, 30분쯤 뒤

제3막   동일한 곳, 그날 저녁 6시 30분 정도

제4막   동일한 곳, 자정쯤

Long Day's Journey into Night

목차

제1막

1912년 8월의 어느 아침, 제임스 티론의 여름 별장의 거실에서….

뒤쪽에 커튼이 달린 넓은 문 두 개가 있다. 오른쪽 문은 앞 응접실로 통하는데, 그 응접실은 거의 사용하지 않는 방이 으레 그렇듯이 형식적으로 꾸며져 있다. 다른 문은 창도 없는 어두운 뒤쪽 응접실로 통하는데, 이 공간은 거실과 식당을 오가는 통로로밖에 사용된 적이 없다. 두 개의 문 사이의 벽에는 작은 책장이 하나 놓여 있는데, 위쪽에는 셰익스피어의 초상화가 있고 책장에는 발자크, 졸라, 스탕달의 소설과 쇼펜하우어, 니체, 마르크스, 엥겔스, 크로포트킨, 막스 슈티르너의 철학서 및 사회학 서적, 입센, 버나드 쇼, 스트린드베리의 희곡, 스윈번, 로제티, 오스카 와일드, 어니스트 다우슨, 그리고 키플링 등의 시집이 꽂혀 있다.

오른쪽 벽 뒤쪽에 있는 방충문은 현관으로 통하는데, 현관의 베란다는 집을 절반쯤 두르고 있다. 앞쪽으로 창문 세 개가 연이어 나 있으며, 바로 그 창문들을 통해 앞마당 너머로 항구와 부두를 따라 나 있는 큰길이 보인다. 고리버들로 만든 작은 탁자와 평범한 오크나무 책상이 창문 옆으로 벽에 붙어서 놓여 있다.

왼쪽 벽에도 비슷한 창들이 연이어 나 있는데, 여기를 통해 뒤뜰이 보인다. 창 아래로 쿠션을 놓은 고리버들 소파가 있고, 하나뿐인 팔걸이는 뒤쪽을 향하고 있다. 그 훨씬 뒤쪽에 있는 유리를 끼운 대형 책장에는 뒤마, 빅토르 위고, 찰스 레버의 전집과 셰익스피어 전집 3질, 50권짜리 세계문학전집, 흄의 《영국사》(The History of England), 티에르의 《통령정부와 제정의 역사》(The History of the Consulate and the Empire of France under Napoleon), 스몰렛의 《영국사》(A Complete History of England), 기번의 《로마제국 쇠망사》(The Decline and Fall of the Roman Empire), 기타 고전 희곡집, 시집, 그리고 아일랜드 역사서 몇 권이 들어 있다. 놀라운 사실은 누군가 이 전집 모두를 읽고 또 읽은 흔적이 있다는 점이다.

디자인이나 색깔이 저렴해 보이지 않는 양탄자가 마룻바닥을 거의 덮고 있다. 가운데에는 둥근 탁자가 위치해 있고, 그 위에 녹색 갓을 씌운 독서등이 놓여 있다. 독서등 전원은 천장 샹들리에에 달린 네 개의 소켓 중 하나에 꽂혀 있다. 탁자 주위로 독서등의 빛이 닿는 범위 안에 의자가 네 개 있다. 세 개는 고리버들로 만든 안락의자이며, 탁자 오른편의 앞쪽에 있는 나머지 하나는 니스 칠을 한 오크나무 흔들의자로 앉는 부분에 가죽을 덧씌웠다.

아침 여덟 시 반 정도, 오른쪽 창으로 햇살이 따스하게 스며든다.

막이 오르면, 가족은 막 아침 식사를 끝낸 참이다. 메리 티론과 그녀의 남편이 식당에서 뒤쪽 응접실을 거쳐 거실로 들어온다.

메리는 쉰네 살이며 키는 중간 정도다. 아직 젊고 우아한 자태를 간직하고 있으며 좀 통통하긴 하지만 코르셋으로 단단히 조이지 않았는데도 허리와 엉덩이에서 중년의 모습을 찾아볼 수가 없다. 얼굴은 분명한 아일랜드인의 모습이다. 한때는 눈부시게 아름다웠을 것이며 여전히 눈길을 끄는 미모다. 그러나 건강해 보이는 몸매와 달리 얼굴은 광대뼈가 도드라져 보이도록 말랐으며, 핏기 없이 창백하다. 곧게 뻗은 긴 코에 입이 크고 입술은 도톰하고 섬세하다. 그녀는 립스틱도 바르지 않고 화장도 별다르게 하지 않는다. 숱이 많아 풍성한 새하얀 머리칼이 볼록한 이마를 감싼다. 창백한 얼굴과 흰머리에 대비되어 흑갈색 눈동자가 더욱 검게 보이는 것이 사실이다. 눈이 유난히 크고 아름다우며, 긴 속눈썹은 위로 살짝 말려 있고, 눈썹은 검정색이다.

단번에 눈길을 끄는 건 극도로 초조해하는 그녀의 태도가 아닐까.

그녀는 잠시도 손을 가만히 두지 못한다. 손가락이 길고 끝으로 갈수록 가늘어지는 것이 한때는 아름다운 손이었겠지만, 현재는 관절염으로 마디가 울퉁불퉁해지고 손가락이 뒤틀려서 흉하고 기형적인 모습을 하고 있는 것이 사실이다. 사람들은 그녀가 자신의 손에 예민하며 이 때문에 초조함을 감추지 못해 오히려 더 시선을 끈다는 사실을 창피하게 여긴다는 걸 의식하고 더욱 그 손에서 눈길을 보내게 된다.

그녀의 옷은 수수하지만 무엇이 어울리는지를 분명히 알고 입은 것이 분명하다. 머리는 공들여 매만졌음에 틀림없다. 그녀의 음성은 부드럽고 매혹적이며 즐거울 때는 아일랜드인 특유의 경쾌한 리듬이 빠지지 않는다.

그녀의 가장 큰 매력은, 수줍은 듯 수녀원생의 젊음에서 우러나오는 천진하고 꾸밈없는 아름다움, 즉 타고난 천상의 순수함 그 자체다.

제임스 티론은 예순다섯 살이지만 나이보다 10년은 젊어 보인다. 키는 173센티미터쯤 되고, 떡 벌어진 어깨에 가슴은 탄탄하다. 군인처럼 고개를 들고 가슴은 내밀면서 배는 들이미는 동시에 어깨를 쫙편 자세가 몸에 배다 보니 실제보다 더 크고 날씬해 보인다. 얼굴은 나이를 못 이기고 있지만, 잘생긴 커다란 두상에 수려한 얼굴 옆면, 움푹 들어간 연갈색 눈이 여전히 눈에 띄는 확실한 호남형이다. 숱이 적은 머리는 반백이 되었고, 체발한 수도사처럼 정수리 부분이 동그랗게 벗겨져 있다.

그에겐 직업의 흔적이 뚜렷하게 남아 있다. 무대 위 배우가 일부러 꾸며내는 신경질적인 태도를 즐겨서는 아니다. 그는 본디 소박하고 겉꾸밈이 없는 인물로, 어려웠던 어린 시절과 아일랜드 농군인 조상의 영향을 아직도 버리지 못하고 있다. 그러나 몸에 밴 말투, 행동, 그리고 몸짓에서 배우의 모습이 명확하게 보인다. 이런 무의식적인 습관은 연기를 익히면서 자연스럽게 생긴 것이다. 목소리는 아름답고 낭랑하고 유연하기에 그는 이러한 자신을 매우 자랑스럽게 여긴다.

차림새는 확실히 로맨틱한 역에 어울리지 않는다. 낡은 회색 기성복에 광택 없는 검정 구두를 신었고 옷깃 없는 셔츠에 목에는 두꺼운 흰 손수건을 느슨하게 매고 있다. 그렇다고 제멋에 겨워 아무렇게나 걸친 것은 아니다. 그저 흔히 볼 수 있는 남루한 차림이다. 그는 옷을 입을 때 실용성만 따지는 인물로, 지금은 정원 일을 하는 데 편하도록 입었을 뿐 차림새는 전혀 신경 쓰지 않았다.

그는 평생 단 하루도 병을 앓아본 적이 없었다. 신경과민 상태도 모른다. 둔감하고도 순박한 농부의 기질이 가득하며 감상적이라 할 만한 침울함은 간간이 보일 뿐 직관적인 감수성은 드물게 드러날 정도다.

티론은 뒤편 응접실에서 나오면서 아내의 허리를 팔로 감싸고 있다. 이어서 거실로 들어오며 장난스럽게 아내를 껴안게 된다.

> **티론** 당신 이제 꽤나 한 번에 안기 힘들군, 메리. 9킬로그램이 늘었으니.
>
> **메리** (애정 가득한 미소를 지으며) 많이 살쪘다는 이야기죠? 살을 빼야 하는데.
>
> **티론** 그런 뜻은 아니에요, 부인! 지금이 딱 좋은걸요. 살 뺀다는 소리는 하지 말아요. 혹시 그래서 아침을 그렇게 적게 먹은 건가요?
>
> **메리** 적게라니요? 난 많이 먹었다고 생각하는데.
>
> **티론** 그렇지 않소. 그 정도로는 내 성에 안 차지.
>
> **메리** (놀리듯) 그러시겠지요! 당신은 세상 사람이 다 당신처럼 아침을 잔뜩 먹어야 한다고 생각하는 분이잖아요. 그랬다가는 다들 소화불량으로 죽고 말 거예요. (그녀는 앞쪽으로 걸어 나와서 탁자 오른쪽에 선다.)

티론 (그녀를 따라가며) 내가 그렇게까지 엄청난 대식가는 아니길 바랍니다. (진심으로 만족스러워하며) 그래도 예순다섯 살이라는 나이에 여전히 식욕이 왕성하고 스무 살 청년처럼 소화를 잘 시키니 감사할 따름이지요.

메리 그럼요, 제임스. 그건 누구도 부인할 수 없는 사실이니까요. (그녀는 웃으며 탁자 오른쪽 뒤편에 있는 고리버들 안락의자에 앉는다. 티론은 그녀의 뒤로 돌아서 탁자에 놓인 상자에서 시가를 하나 고른 후 작은 가위로 끝을 가볍게 잘라낸다. 식당에서 제이미와 에드먼드의 목소리가 들려온다. 메리가 그쪽으로 고개를 돌린다.) 저 애들은 왜 식당에서 저러고 있는지 모르겠군요. 캐슬린이 식탁을 치우려고 기다리고 있을 텐데 말이죠.

티론 (농담하듯 말하면서도 은근히 화난 얼굴로) 내가 들어서는 안 되는 비밀 얘기를 나누는 모양이군요. 틀림없이 제 아버지 비위를 건드릴 일을 꾀하고 있을 거야. (메리는 아들들의 목소리가 들려오는 쪽으로 고개를 돌린 채 아무런 대꾸도 하지 않는다. 그녀가 손을 탁자 위로 올린 채 초조하게 움직인다. 티론은 시가에 불을 붙이고 본인의 사리인 탁사 오른쪽의 흔들의자에 앉아 기분 좋게 시가를 피운다.) 이 세상에서 아침 먹고 피우는 시가만 힌 건 없지, 물론. 좋은 시가라면 말이야. 이번에 새로 산 것은 향이 아주 그윽하지. 게다가

아주 싸게 샀으니. 공짜나 다름없다니까. 맥과이어가
권해서 샀거든.

메리 (좀 신랄한 말투로) 그러면서 땅까지 사도록 권하지는 않
았겠지요? 그 사람이 싸다고 바람을 넣어 산 부동산들
은 신통치가 않았잖아요.

티론 (방어적인 느낌으로) 그렇지 않아, 메리. 체스트넛 거리의
집도 그가 소개한 건데 바로 팔아서 제법 돈을 벌었
잖소.

메리 (짓궂은 애정이 담긴 미소를 지으며) 물론 알아요. 그건 어
쩌다 운이 좋았던 거죠. 분명 맥과이어는 꿈도 꾸지
못했을…. (그러다 남편의 손을 토닥거리며) 그만두죠, 제임
스. 당신이 노련한 부동산 투기꾼이 되지 못한다는 걸
깨닫게 하려고 애써봤자 내 입만 아프니까요.

티론 (발끈해서) 누가 그렇다는 거야? 땅은 땅일 뿐이야. 땅
이란 월가 사기꾼들의 주식이나 채권보다 안전한 거
야. (달래듯이) 아침부터 그런 얘기로 옥신각신하지 말
자고. (다시 아이들의 목소리가 들려오고 그 중 한 명이 발작에
가까운 기침을 해댄다. 메리는 걱정스럽게 귀 기울이고, 그녀의
손가락들이 탁자 위에서 초조하게 움직인다.)

메리 제임스, 더 먹으라고 잔소리해야 할 사람은 내가 아니
라 에드먼드예요. 커피 말고는 음식에 손도 거의 안

댔다니까요. 걘 기운 좀 차리려면 뭐라도 먹어야 해요. 아무리 먹어라 먹어라고 해도 입맛이 없다고만 하잖아요. 물론, 독한 여름 감기만큼 입맛을 달아나게 하는 것도 없긴 하지만요.

티론 그래, 입맛이 없는 게 당연하지 않겠소. 그러니 당신도 너무 걱정하지 말고….

메리 (재빨리) 걱정도 팔자서. 며칠 푹 쉬면 나을 건데요. (그 얘기를 떨쳐버리고 싶지만 잘 되지 않는 듯) 그렇지만 하필 이럴 때 아프다니 너무한 것 같잖아요.

티론 그래, 운도 지지리 없지. (걱정스러운 눈길로 아내를 슬쩍 쳐다보며) 메리, 그렇다고 속 끓이면 안 된다니까. 당신 건강도 돌봐야 한다는 걸 분명 명심해요.

메리 (재빨리) 속 안 끓여요. 속 끓일 일이 뭐가 있다고. 왜 내가 속을 끓인다고 생각하는 건가요?

티론 아니, 아니오, 그냥 요 며칠 좀 신경이 예민해진 것 같아서리.

메리 (억지로 미소 지으며) 내가요? 말도 안 돼. 괜한 걱정을 하는 거라니까요. (갑자기 신상하며) 제임스, 그렇게 계속 감시하듯 보지 말라니까요. 자꾸 신경 쓰인단 말이에요.

티론 (초조하게 움직이는 아내의 손 위에 자신의 손을 얹으며) 자, 자, 메리. 당신이 오해하는 거라니까. 내가 당신을 계속 바라봤다면 당신이 아름다워져서 감탄하느라 그랬던 거라니까. (그는 갑자기 사무치는 감정에 목소리가 떨린다.) 여보, 당신이 이렇게 돌아와 사랑스러운 예전 모습을 되찾은 걸 보고 있으니 어찌나 행복한지 모르겠소. 뭐라 표현할 수가 없다니까. (충동적으로 아내에게 몸을 기울여 뺨에 입 맞춘다. 그런 다음 똑바로 앉으면서 부자연스럽게 덧붙인다.) 그러니까 계속 노력해 주시오.

메리 (고개를 돌린 채) 그럴게요. (초조하게 몸을 일으켜 오른쪽 창가로 다가간다.) 어머낫, 고맙게도 안개가 걷혔네. (돌아서며) 오늘 아침엔 몸이 찌뿌드드하다니까요. 밤새 고동 소리가 시끄럽게 울려대는 바람에 잠을 잘 못 잤답니다.

티론 그래, 뒷마당에서 병든 고래가 우는 것 같긴 했어. 나도 잠을 설쳤으니까.

메리 (애정을 갖고 재미있어하며) 그랬나요? 당신은 잠을 참 이상하게 설친단 말이죠. 당신이 어찌나 코를 심하게 고는지 어떤 게 코 고는 소리고 어떤 게 고동 소린지 구분도 못 하겠던걸요! (소리 내어 웃으며 남편에게 가서 장난스럽게 그의 뺨을 토닥인다.) 경적 열 개가 울려대도 당신은 잘만 자겠지요. 워낙 무신경하니까. 원래부터 그런 사람이잖아요.

티론 (자만심에 상처를 입고 퉁명스럽게) 말도 안 되는 그런 소리 말라니까. 당신은 내가 코 고는 걸 갖고 그렇게나 과장한다니까.

메리 과장이라니요? 당신 귀로 직접 들어보면…. (식당 쪽에서 한바탕 웃음이 터진다. 그녀는 살짝 웃으며 고개를 돌린다.) 뭐가 저렇게나 우스운지.

티론 (심술이 나서) 내 말이 그 말이라니까. 틀림없어. 만나기만 하면 애비 흉이지, 뭐.

메리 (놀리듯) 암, 그럼요, 온 가족이 당신 흉만 보죠, 안 그래요? 당신은 구박덩어리잖아요! (소리 내어 웃으며 기쁘고도 안도하는 태도로) 누구 얘기를 하지는 몰라도 에드먼드가 저렇게나 웃는 소리를 들으니 마음은 놓이네요.

티론 (아내의 말은 들은 체도 하지 않고 화만 내며) 제이미가 농담을 했을 거야, 틀림없어. 걘 눈만 뜨면 남 비웃는 게 일이잖소.

메리 당신, 또 가엾은 제이미를 비난하는군요. (확신 없이) 걔도 때가 되면 분명 마음을 잡을 건데. 두고 보시라니까.

티론 마음을 잡으려면 빨리 잡아야지. 벌써 서른넷이 다 됐는데 언제 잡는다는 거야.

메리 (못 들은 체하며) 아이고, 애들이 하루 종일 식당에 앉아 있을 건가? (뒤쪽 응접실 문간으로 가서 소리 친다.) 제이미!
에드먼드! 너희가 거실로 와야 캐슬린이 식탁을 치우
지. (에드먼드가 큰 소리로 대답한다. "지금 가요, 어머니." 메리
는 탁자로 돌아온다.)

티론 (투덜대며) 당신은 걔가 무슨 짓을 해도 감싸고 돌 사람
이라니까.

메리 (남편 옆에 앉으며 그의 손을 토닥인다) 쉿, 조용히 해요.

두 아들, 제임스 주니어와 에드먼드가 뒤쪽 응접실에서 나온다.
아직도 웃음기가 가시지 않은 얼굴로 히죽거리다가 나오면서 아버
지를 흘낏 보고는 더욱 심하게 히죽거린다.

형 제이미는 서른세 살이다. 아버지를 닮아 어깨가 넓고 가슴이
탄탄하다. 아버지보다 2~3센티미터는 더 크고 몸무게는 적게 나가지
만 우아한 몸가짐이 없다 보니 아버지보다 키도 작고 뚱뚱해 보인다.
아버지의 넘치는 활력 또한 갖지 못했다. 때 이르게 노화의 흔적들마
저 보인다. 얼굴엔 방탕함의 자취가 남아 있지만 외모는 여전히 수려
한 편이다. 어머니보다 아버지를 닮긴 했지만 티론만큼 잘생기진 못
했다. 눈동자는 아버지의 엷은 갈색과 어머니의 흑갈색의 중간 정도
인 순수한 갈색이라 할 수 있겠다. 점점 머리숱이 줄고 있으며 벌써
티론처럼 대머리 증세가 보인다. 코는 다른 가족과는 달리 뚜렷한 매

부리코다. 습관적으로 짓는 냉소적인 표정과 매부리코가 어우러져 메피스토펠레스 같은 인상을 준다. 그러나 어쩌다 냉소가 드러나지 않는 미소를 지을 때면 익살스럽고 낭만적이고 무책임한 아일랜드인 특유의 매력이 엿보인다. 그 매력은 매력적인 시인의 기질에 더해져 여자들에게는 유혹적으로 보이고, 남자들 사이에서는 인기를 끌도록 만들어준다.

정장은 낡았지만 셔츠 칼라도 달고 타이도 갖춰서 매면 아버지의 것처럼 허름하지는 않다. 흰 살결은 볕에 타서 불그스레하고 군데군데 기미가 있다.

에드먼드는 형보다 열 살 아래다. 키는 형보다 5센티미터쯤 크고 살집은 없어도 체격은 강인해 보인다. 제이미가 어머니의 모습은 거의 없고 아버지를 많이 닮은 데 비해 에드먼드는 두 사람의 모습이 두루 있으면서도 어머니를 더 닮았다. 커다란 검정색 눈은 아일랜드인다운 길쭉한 얼굴에서 무엇보다 두드러져 보인다. 이마는 어머니의 것을 강조해 놓은 형태고, 끝이 햇볕에 붉게 탈색된 짙은 갈색 머리는 뒤로 빗어 넘겼다. 하지만 코는 아버지를 닮았고 얼굴 옆모습도 영락없이 아버지를 연상시킨다. 눈에 띌 만큼 손가락이 유난히 긴 것은 어머니를 닮았다. 어머니와 에드먼드는 일종의 신경과민이라는 점까지도 비슷하다. 가장 뚜렷한 두 사람의 공통점은 극도로 예민하다는 것이다.

에드먼드는 병색이 완연하다. 몸은 너무 말랐고 눈은 열기로 흐릿하며 뺨은 움푹 꺼졌다. 피부는 햇볕에 짙은 갈색으로 탔는데도 푸석푸석해 보이고 혈색마저 나쁘게 보인다. 그는 셔츠에 칼라를 달고 타이를 맸으며, 윗옷은 걸치지 않고 낡은 플란넬 바지에 갈색 운동화를 신었다.

메리 (미소를 띤 얼굴로 아들들을 돌아보며 약간 억지스러운 명랑한 목소리로) 지금 네 아버지가 코 고는 걸 가지고 놀리고 있던 참이란다. (티론에게) 제임스, 판단은 당신 아들들에게 맡기겠어요. 저 아이들도 들었을 테니까요. 아니지, 제이미 넌 안 되지 말고. 네 코 고는 소리도 우리 방까지 들리니까. 어찌 그리 부자가 똑같은지 말이야. 넌 베개에 머리가 닿자마자 곯아떨어져서 고동 소리가 제아무리 요란하게 울려대도 깰 생각이 없으니까. (제이미가 탐색하듯 불안한 눈길로 자신을 응시하고 있음을 깨닫고 재빨리 입을 다문다. 얼굴에서 미소는 사라지고 태도는 부자연스러워진다.) 왜 그렇게 보는 거냐, 제이미? (그녀의 손이 초조함을 담아 머리로 올라간다.) 내 머리칼이 내려온 거니? 이젠 머리 하나 제대로 만지기도 힘들어. 눈은 갈

수록 침침해지는데 도대체 안경을 찾을 수가 있어야
지, 원.

제이미   (양심의 가책을 느끼듯 시선을 회피하며) 머리는 충분히 괜
         찮아요. 얼굴이 좋아 보이시잖아요.

티론   (진심으로) 나도 그 말을 하던 참이란다, 제이미. 네 어
         머니는 말이다, 이제 체중도 늘어서 조금 있으면 제대
         로 안지도 못하겠단 말이지.

에드먼드 맞아요. 아주 좋아 보이는걸요, 어머니. (메리는 안심하
         며 에드먼드에게 다정한 미소를 보낸다. 그는 장난스럽게 웃으며
         윙크한다.) 아버지께서 코를 고시는 문제에 관해서는 어
         머니 말씀이 전적으로 옳아요. 얼마나 요란한지, 휴!

제이미   나도 들었어요. (삼류 배우를 흉내 내며 연극 대사를 인용한
         다.) 무어인입니다. 나팔 소리만 들어도 알지요.[1] (어머
         니와 동생이 큰 소리로 웃는다.)

티론   (냉혹하게) 내 코골이를 듣고 경마 정보지가 아닌 셰익스
         피어를 생각했다니 앞으로도 계속 코를 골아야겠군.

메리   그만 좀 해요, 세임스! 그렇게 말끔할 일도 아닌 길로.
         (제이미는 어깨를 으쓱하고는 메리의 오른쪽에 있는 의자에 앉

---

1   셰익스피어,《오셀로》 2막 1장에서.

는다.)

에드먼드 (짜증스럽게) 맞아요, 제발요, 아버지! 아침 먹기가 무섭게 시리 또 시작이시네요! 제발 좀 그만하실 수 없나요? 예? (탁자 왼쪽에 있는 형 옆의 의자에 털썩 앉는다. 티론은 어쨌거나 못 들은 체한다.)

메리 (아들을 나무라며) 아버지가 네게 뭐라고 하신 게 아니지 않니. 넌 항상 제이미 편만 드는구나. 네가 형보다 열 살은 위인 거만 같다.

제이미 (지겹다는 듯) 왜들 이렇게 난리예요. 이제 다들 그만둬요.

티론 (경멸하는 태도로) 그래, 그만두자꾸나! 다 그만두고 다 피해 버리란 말이야! 야망이라곤 도대체가 없는 인간에겐 편리한 인생철학 아니겠냐. 고작 한다는 짓이라곤….

메리 제임스, 그만해요. (달래듯 한 팔로 남편의 어깨를 감싸며) 당신 오늘 아침엔 기분이 별로 안 좋은가 보군요. (화제를 바꿔 아들들에게) 너희들 방금 전 들어올 때 왜 그렇게 히죽거렸던 게냐? 무슨 재미난 얘기를 했길래?

티론 (관대해지려고 안간힘을 쓰며) 그래, 우리도 좀 들어보자꾸나. 틀림없이 내 얘기라고 네 어머니에게 말했다만. 괜찮다, 이젠 이골이 났으니까 말이다.

제이미 (냉담하게) 절 쳐다보지 마세요. 꼬맹이가 한 얘기잖아요.

에드먼드 (히죽 웃으며) 어젯밤에 말씀드리려고 했는데 깜빡 잊었어요, 아버지. 사실 어제 바람 쐬러 잠시 나갔다가 술집에 우연히 들렀는데….

메리 (걱정스럽게) 에드먼드, 넌 지금 술 마시면 안 되잖니.

에드먼드 (못 들은 척) 거기서 누굴 만날 줄 아세요? 아버지 농장의 소작인 쇼네시요. 잔뜩 취해 있던데요.

메리 (미소 지으며) 아주 지독한 사람이지! 그래도 재미는 있다니까.

티론 (얼굴을 찌푸리며) 농장주 입장에서 보면 재미있을 것도 없기는 해. 그자는 교활하면서도 가난한 아일랜드인 아니겠어. 속이 너무나도 시커먼 인간이잖아. 그래, 그 인간이 이번엔 도대체 무슨 불평을 늘어놓든, 에드먼드? 틀림없이 불평불만을 늘어놨을 거야. 소작료를 내려달라고 그랬겠지. 그냥 놀리기 뭐해서 거저 빌려주다시피 했는데도 내쫓겠다고 으름장을 놔야만 돈을 낸다니까, 참.

에드먼드 아뇨, 불평 같은 선 없던데요. 인생이 너무 즐겁다며 술을 사주던걸요. 생전 그런 일이 없던 사람 아니던가요. 아버지 친구분 하기 씨 있잖아요. 스탠디드 정유의 부자. 그분과 한판 붙고서 멋지게 이겼다고 좋아하

29

고 있었다니까요.

메리 (소심하게 당황하며) 어머나! 제임스, 당신 어떻게든 대책을…

티론 빌어먹을 녀석, 쇼네시!

제이미 (심술궂게) 다음에 클럽에서 하커 씨를 만나면 아버지가 정중히 인사하셔도 못 본 척하셔야겠네요.

에드먼드 맞아요. 미국의 왕을 몰라보고 날뛰는 소작인이라니, 하커 씨는 아버지를 신사가 못 된다고 여길 게 분명해요.

티론 사회주의자가 나불대는 소리는 그다지 신경 안 쓰니까. 그런 얘긴 듣고 싶지가….

메리 (재치 있게) 계속하려무나, 에드먼드.

에드먼드 (약 올리듯 아버지를 보고 히죽거리며) 아버지도 아시다시피 하커 씨 사유지의 냉각 연못[2]이 농장 바로 옆이고, 또 아시다시피 쇼네시가 돼지를 키우잖아요. 그런데 울타리가 조금 망가진 부분이 있어서 돼지들이 그 부자의 연못에 들어가 목욕하곤 했는데, 하커 씨의 관리인이 주인에게 쇼네시가 자기네 돼지들을 뒹굴고 놀게 하려고 일부러 울타리를 망가뜨린 거라고 일러바친

---

2   산업용 냉각수로 사용하는 연못의 일종.

모양이었어요.

메리 (놀라면서도 재미있어하더니) 어머, 세상에, 그런 일이!

티론 (심술궂게, 그러면서도 약간 감탄하는 기색으로) 나도 그 비열한 망나니의 짓이라고 생각하긴 해. 그 녀석다운 짓은 맞잖아.

에드먼드 그래서 하커 씨가 몸소 쇼네시를 꾸짖으러 나타나신 거잖아요. (낄낄대며) 완전 실책이었죠! 이 사회의 부자들, 그중에서도 특히 부모 재산을 물려받아 아무 노력 없이 부자가 된 인간들은 위대한 지적 능력의 소유자가 되지 못한다 걸 여지없이 증명한 사건 아니겠어요?

티론 (생각에 앞서 인정부터 한다.) 그래, 하커는 쇼네시의 적수가 못 되는 건 사실이지. (그러다가 화가 나서 으르렁거리며) 그 빌어먹을 무정부주의적인 의견은 입 밖에 내지도 말아라. 내 집에선 절대 그런 소리는 용납 못 하니까. (하지만 궁금증을 억누르지 못해) 그래서 어떻게 됐다는 거냐?

에드먼드 하커 씨가 쇼네시를 찾아간 건 제가 잭 존슨[3]에게 싸우자고 덤비는 거나 마찬가지 아니겠어요. 쇼네시는 술을 몇 잔 마시고 대문에서 하커 씨를 기다리고 있었

....

3 미국 출신의 헤비급 권투 선수.

죠. 그러곤 하커 씨가 입을 뗄 틈도 주지 않고 대뜸 소리부터 질러댔다더군요. 나는 스탠더드 정유가 함부로 짓밟아도 되는 노예가 아니다. 나도 아일랜드 왕 못지않게 권리가 있는 몸이다. 내 눈에 인간쓰레기는 아무리 가난한 사람들을 착취해서 부자가 됐어도 인간쓰레기로밖에 안 보인다, 그렇게 말이에요.

메리 어머, 세상에! (그녀는 웃음을 참지 못한다.)

에드먼드 그러고는 하커 씨에게, 당신이 내 돼지들을 죽이려고 관리인을 시켜 일부러 울타리를 망가뜨렸고 이후 연못으로 꾀어낸 게 아니냐, 그로 인해 불쌍한 돼지들이 독감에 걸렸다, 폐렴에 걸려 죽어가는 놈들이 부지기수고 오염된 물을 마셔서 콜레라로 나자빠진 놈들도 있다면서 고래고래 악을 써댔다고 하더라고요. 그래서 손해 배상 청구를 위해 변호사를 고용했다고 했대요. 이후 결론적으로, 농장에 덩굴옻나무, 진드기, 감자 딱정벌레, 뱀, 스컹크가 사는 건 참는데 본인은 참을 것과 그러지 말아야 할 것을 구별할 줄 아는 공정한 사내다, 스탠더드 정유 이 도둑놈이 농장에 침입하는 건 죽어도 참을 수 없다, 그러니 알아서 그 더러운 발을 빼라고도 했대요. 그랬더니 얼른 사라지더라는 거죠! (그와 제이미가 웃는다.)

메리 (놀라면서도 낄낄 웃으며) 아이고, 그 사람 참, 입담이 어
지간하구나!

티론 (생각에 앞서 감탄하며) 빌어먹을 늙은 악당! 그 인간은 아
무도 못 당해 낸다고! (껄껄대며 웃다가 뚝 그치고 으르렁거
린다.) 야비한 망나니 같은 놈! 내 입장만 난처해졌군.
내가 알게 되면 불같이 화를 낼 거라고 말하자….

에드먼드 아버지가 아시면 아일랜드인의 멋진 승리에 몹시 기
뻐하실 거라 했어요. 물론 그건 사실이니까요, 아닌
척하지는 마세요, 아버지.

티론 누가 기뻐했다고 그래?

메리 (놀리듯) 뭘 그러세요, 제임스. 좋잖아요!

티론 아냐, 메리. 농담은 농담인데….

에드먼드 제가 쇼네시에게 그랬죠, 냉각수에서 돼지 냄새가 난
다면 딱 어울리는 냄샌데 솔직히 고맙게 여기지 뭘 그
러느냐고, 그럼 스탠더드 석유왕에게 말하지 그랬냐
고요.

티론 설마 그런 소리를! (인상 쓰며) 너 이 녀석, 그 돼먹지도
않은 사회당 무정부주의로 내 일에 끼어들지 마라!

에드먼드 쇼네시는 그때 미처 그 생각을 하지 못한 게 억울해서
눈물까지 보일 기세더군요. 하지만 히키 씨에게 보내
는 편지에 그 말을 넣기로 했다죠. 그때는 생각 못 했

던 몇 가지 다른 욕들과 함께 말이에요. (제이미와 둘이 소리 내어 웃는다.)

티론 뭐가 그렇게들 우습냐? 우스울 거 하나 없다. 그 망나니가 이 애비를 재판에 끌어들이겠다는데 거들고 나서다니, 참으로 효자 나셨구나.

메리 제임스, 화내지 말아요.

티론 (제이미에게 고개를 돌리며) 옆에서 부추기는 네가 더 나빠. 그 자리에 가서 쇼네시에게 더 심한 욕설을 가르쳐주지 못한 게 오히려 한이겠구나. 다른 건 몰라도 그런 재주만큼은 용하니까.

메리 제임스! 왜 애꿎은 제이미를 나무라고 그러세요. (제이미는 아버지에게 빈정대는 말을 하려다 어깨를 으쓱하며 멈춘다.)

에드먼드 (갑자기 격하게 화내며) 제발요, 아버지! 또 시작하시는 거라면 전 사라지겠어요. (벌떡 일어나며) 어차피 책을 이층에 두고 왔어요. (앞쪽 응접실로 이동하면서 넌더리가 난다는 듯 말한다.) 아버지, 그 타령은 이제 신물이 날 때도 됐잖아요…. (그러고는 사라진다. 티론은 화가 나서 그의 뒷모습을 노려본다.)

메리 에드먼드가 하는 말에 마음 쓰실 것 없어요. 아픈 애 잖아요. (에드먼드가 계단을 오르며 콜록거리는 소리가 들려온다. 메리가 초조하게 덧붙인다.) 여름 감기에 짜증이 안 날 사람은 없으니까.

제이미 (진정으로 걱정스러워하며) 쟨 그냥 감기가 아녜요. 꼬맹이는 심각하게 아프다고요. (아버지가 날카로운 경고의 눈초리를 보내지만 보지 못한다.)

메리 (화가 나서 큰아들을 돌아보며) 왜 그런 소릴 하는 거니? 그냥 감기라니까! 그건 누구라도 알 수 있는 거잖아! 넌 이상한 상상만 하고 있잖니!

티론 (다시 제이미에게 경고의 눈짓을 한 후 편안하게) 제이미의 말은 어쩌면 에드먼드에게 다른 증세가 겹쳐서 감기가 더한 건지도 모르겠다는 거 같은데.

제이미 그럼요. 어머니, 그런 뜻이었다니까요.

티론 하디 선생 말로는 걔가 열대 지방에서 걸린 말라리아 열 기운 때문에 그런 것일지도 모른다고 하시더구나. 그럼 키니네⁴를 쓰면 금방 나을 것 같아.

메리 (경멸 어린 적대감이 얼굴에 스친다.) 하디 선생요? 그 사람 말 절대로 믿지 않는다니까요. 성경책을 잔뜩 쌓아놓고 맹세를 한다 해도 말이죠! 난 의사들이 어떠한 족속들인지 잘 알아요. 의사들은 다 똑같아. 환자를 붙

---

4 말라리아 치료를 위한 특효약.

잡기 위해선 무슨 짓이라도 가리지 않지. (자신을 빤히 쳐다보는 남편과 아들의 시선을 느끼고 발작적으로 격한 자의식에 사로잡혀 말을 끊어버린다. 두 손이 마치 경련이 난 것처럼 신경질적으로 머리로 올라간다. 억지 미소를 지으며 말을 잇는데) 왜 그래요? 왜 그렇게 보는 건가요? 내 머리가 어디…?

티론 (아내를 한 팔로 감싸고는 미안한 마음에 장난스레 껴안는다.) 머리는 아무 문제 없다니까. 당신, 건강해지면서 살이 쪘더니 허영심이 는 거 아닌가. 이젠 거울 앞에서 꾸미는 데 반나절은 족히 걸리겠어.

메리 (좀 안심하며) 정말이지 새로 안경 좀 장만해요. 눈이 얼마나 나빠진 건가요.

티론 (아일랜드인다운 다정다감함으로) 당신 눈은 아름답다니까. 당신도 잘 알잖소. (이어서 아내에게 키스한다. 메리는 수줍어하며 어쩔 줄 모르는데 이내 얼굴이 환해진다. 놀랍게도 바로 그 순간 그녀의 얼굴에서 여전히 그녀의 일부로 살아서 피어나는 소녀 시절의 모습이 아르거린다.)

메리 당신도 참, 주책이라니까. 제이미도 보고 있는데!

티론 얘도 당신 속을 빤히 들여다보고 있다니까. 당신이 눈이니 머리니 하며 안달복달하는 모습을 보고 있으니 칭찬해 달라는 걸로 뻔히 보인다니까. 맞지 않니, 제이미?

제이미 (얼굴이 밝아졌고, 어머니에게 보내는 애정 어린 미소에 소년으로서의 매력이 듬뿍 들어 있다.) 맞아요. 어머니, 우린 속일 수 없어요.

메리 (소리 내어 웃는다. 목소리에 아일랜드인만이 가지는 경쾌한 리듬이 담겨 있다.) 둘 다 그만두라니까! (소녀처럼 진지해져서) 그렇지만 옛날엔 머리칼이 참 아름다웠는데 말이죠. 그렇잖아요, 제임스?

티론 그치, 세상에서 제일 아름답기는 했지!

메리 보기 드문 붉은 빛이 감도는 갈색에다 무릎 아래까지 내려올 정도로 길었으니까요. 제이미 너도 기억날 텐데. 에드먼드가 태어나기 전까지는 흰머리가 하나도 없었단다. 그 이후로 하얗게 세기 시작했어. (얼굴에서 소녀다움이 사라진다.)

티론 (재빠르게) 그래서 더 아름다워졌잖소.

메리 (다시금 쑥스럽지만 기분이 좋아져서) 네 아버지 말씀하시는 것 좀 봐라, 제이미. 결혼한 지 벌써 삼십오 년째인데! 명배우는 그냥 되는 게 아니잖아, 응? 제임스, 대체 왜 이러시는 거예요? 방금 전 코 고는 걸로 놀린 거 미안해하라고 일부러 이러시는 건가요? 혹시라도 그런 거라며 전부 취소할게요. 내가 들은 건 무적 소리뿐이었다니까요. (그녀가 먼저 웃음을 터뜨리고 티론과 아들도 따라 웃는다. 곧 그녀는 활기차지만 사무적인 태도로 변한다.) 난 그만 일어나겠어요. 칭찬이라도 더 들을 시간이 없다니까요. 요리 담당 하녀와 저녁거리랑 시장 볼 거 의논해야 해요. (일어나며 익살스럽게 과장된 한숨을 짓는다.) 브리지트는 너무 게으르다니까요. 너무 교활하기도 하죠. 따끔하게 한마디 좀 하려고 하면 자기 친척 얘기를 늘어놓는다니까요. 야단칠 건 쳐야 하는데. (뒤쪽 응접실로 가다가 돌아선다. 얼굴에 다시 근심이 보인다.) 제임스, 에드먼드에게 정원일 시키면 안 돼요, 명심해요. (다시금 묘하게 고집스러운 얼굴이 되어) 애가 몸이 약해서가 아니라 땀이라도 흘리면 감기가 더 심해질 수 있어요. (뒤쪽 응접실로 사라진다. 티론, 나무라는 눈으로 제이미를 돌아보는데)

티론 이런 순 머저리 같으니라고! 그렇게도 생각이 없는 거니? 에드먼드 때문에 심란해하는 네 어머니를 더 걱정시키는 말이라면 하지 말았어야지.

제이미 (어깨를 으쓱하며) 좋아요, 그러시면 마음대로 하세요. 하지만 어머니가 자신을 속이도록 놔두는 건 옳지 않다고 생각해요. 그러면 나중에 사실을 받아들여야 하는 순간에 충격만 더 커질 뿐이니까요. 어머니가 여름 감기 운운하면서 자신을 속이고 있다는 걸 아버지도 아시잖아요. 물론 어머니도 알고 있어요.

티론 안다고? 아직은 아무도 몰라.

제이미 전 당연히 알고 있어요. 에드먼드가 월요일에 진료 받으러 갔을 때 저도 같이 갔었어요. 하디 선생이 말라리아 기운 어쩌고 하는 소리도 들었고요. 당연히 시간을 끌려는 핑계겠지요. 그는 이제 다른 걸 생각하고 있어요. 아버지도 아시잖아요. 어제 그 사람 만나서 다 들었잖아요, 그죠?

티론 어제는 아직 확실한 얘기는 할 수 없다고 했어. 오늘 에드먼드가 진료를 받으러 가기 전에 나한테 전화하기로 했단다.

제이미 (천천히) 혹시 폐병인 거 같다고 하던가요. 그렇죠, 아버지.

티론 (마지못해) 그럴 수도 있다고 했어.

제이미 (울컥해서는 에드먼드에 대한 애정을 드러내며) 불쌍한 녀석! 젠장! (비난의 감정을 담아 아버지를 돌아보고는) 처음 아팠을 때 제대로 된 의사에게 데리고 갔더라면 이런 일은 없었을 거 아니에요.

티론 하디 선생이 뭐가 어때서? 계속해서 우리 주치의였잖아.

제이미 문제가 많잖아요! 이 시골구석에서 삼류 의사니까요!

순 싸구려 돌팔이가 분명하다고요!

티론 그래! 하고 싶은 대로 말하려무나! 세상 사람들을 다 그렇게 비난해! 네 눈에는 모두가 사기꾼으로 보이잖아!

제이미 (경멸적으로) 하디 선생은 1달러밖에 안 받잖아요. 아버지가 그 사람을 훌륭한 의사라고 생각하는 건 바로 그것 때문이잖아요!

티론 (뜨끔해서는) 그만하거라! 취하지도 않았으면서! 술 핑계로…. (물론 자제하며, 좀 방어적으로) 이 애비가 별장 부자들이나 우려먹는 그 잘난 상류층 의사를 댈 형편이 못 된다는 뜻이라면….

제이미 형편이 못 된다고요? 아버진 이 근방에서 제일가는 땅부자인걸요.

티론 솔직히 진짜 부자는 아니지 않냐. 다 저당 잡힌 거라….

제이미 그야 돈은 안 갚고 자꾸 사들이기만 하잖아요. 아버지가 좋아하는 땅이었다면 에드먼드가 돈 아까운 줄 몰랐을걸요!

티론 헛소리 말거라! 아무리 그래도 하디 선생을 비웃는 말도 다 헛소리야! 그 사람은 사심도 없고 고급 동네에 병원도 없고 비싼 차도 안 타는데. 헛바닥 한번 쓱 보고는 5달러씩 받아먹는 의사들이 실력이 좋아서 그렇게 비싼 줄 아느냐? 다 그런 쓸데없는 데 들어가는 돈 아니겠니.

제이미 (냉소적으로 어깨를 으쓱하며) 그래요, 알았어요. 따지는 내가 바보지요, 뭐. 본성은 고칠 수 없는 법이니까.

티론 (부아가 치밀어 올라서) 암, 그치, 못 고치지, 맞아. 그거야 네가 너무 잘 가르쳐줬으니. 나는 이제 네 녀석이 새 사람 되는 거 기대도 안 해야지. 감히 내 형편을 따진 다고? 1달러의 가치도 모르는 녀석이! 앞으로도 영원 히 모를 거다! 평생토록 한 푼이라도 저축한 적 없으 니까! 시즌이 끝날 때마다 무일푼이니까! 주급만 나오 면 창녀와 위스키에 다 써버리는 놈!

제이미 주급이라고요! 주급이라니까요!

티론 그것도 너한텐 과분하다. 그리고 이 애비 나이였으면 그나마도 못 벌었을 거야. 네 놈이 행여나 내 자식이 아니었다면 누가 너한테 배역을 줬겠냐고. 평판이 그 렇게나 나쁜 놈인데. 이 애비가 어쨌는지 알아? 아들 놈이 새 사람 됐다고 거짓말이라도 하면서 자존심 굽 히고 구걸을 했단 말이다!

제이미 전 애초에 배우 따위 할 생각조차 없었어요. 아버지기 억지로 무대에 세웠잖아요.

티론 거짓말 말거라! 다른 일은 찾아볼 생각도 안 했던 건 사실이잖아. 넌 애비한테 일자리 구하는 것까지 떠맡

기고 내가 힘 쓸 수 있는 데는 연극 바닥뿐이었어. 억지로? 술집에서 빈둥거리는 것 말고는 할 줄 아는 것도 없는 놈이! 게으르디 게으른 놈팡이처럼 팔짱이나 끼고 앉아서 평생 이 애비한테 빌붙어 사는 걸로 만족했으면서! 공부라도 좀 시켜보겠다고 그렇게 돈을 처들였는데 가는 대학마다 쫓겨나고!

제이미 제발 다 지나간 옛날 얘기는 들추지 좀 마요!

티론 네가 여름마다 애비한테 얹혀살러 오는데 어떻게 그게 다 지나간 옛날 얘기냐.

제이미 정원 일 하면서 먹고 자는 값은 하고 있잖아요. 일꾼 한 사람 품삯은 더니까요.

티론 뭐라고! 그나마도 몰아쳐야 겨우 하는 주제에! (분노가 사그라지며 푸념만 이어간다.) 고마워하는 기색이라도 있으면 말도 안 해. 고작 해보겠다는 짓거리가 애비를 비열한 수전노 취급하며 비웃고, 직업도 비웃고, 지 놈만 빼고 세상만사 다 비웃는 게 전부인 놈, 못난 놈.

제이미 (잔뜩 비꼬아서) 당연히 그렇지 않아요, 아버지. 제가 하는 혼잣말을 못 들어서 그런 말씀하시는 거라니까요.

티론 (무슨 소린지 몰라서 빤히 쳐다보다가 기계적으로 연극 대사를 인용한다.) 배은망덕… 잡초 중에서 제일로 지독한 잡초!

제이미 그 대사 나올 줄 알았다니까요! 벌써 수천 번 넘게 들은…! (아버지와 말다툼에 신물이 나 말을 끊고 어깨를 으쓱한다.) 좋아요, 아버지. 저 건달 맞아요. 뭐라 하셔도 좋지만 이젠 제발 그만 좀 하세요.

티론 (이제 분개해서 호소하며) 그 머리에 어리석은 생각 대신 야망이 좀 들어 있다면 얼마나 좋을까! 넌 여전히 젊잖니. 이름을 드높일 기회는 아직도 많이 있어. 넌 분명 훌륭한 배우가 될 소질이 다분했어! 물론 아직도 있고. 더군다나 넌 내 아들이잖아!

제이미 (지겨워서) 제 얘긴 이제 그만해요. 관심도 없으니까. 아버지도 그렇잖아요. (제임스도 이제는 포기한다. 제이미는 아무렇지도 않게 말을 계속 잇는다.) 어쩌다 이런 얘기까지 나온 거죠? 그래 맞아, 하디 선생. 언제 전화한댔어요?

티론 점심때쯤. (잠시 멈췄다가 방어적으로) 에드먼드에게 하디 선생보다 나은 의사는 없어. 걔가 요만할 때부터 아플 때마다 하디 선생을 찾았으니까. 걔의 몸 상태를 하디 선생만큼 잘 아는 의사는 없어. 넌 내가 구두쇠라 그랬다고 생각하겠지만 그게 아니다. (가혹하게) 그리고, 미국 최고의 전문의를 붙인들 무슨 소용이 있겠느냐? 대학에서 쫓겨난 뒤부터 엉망으로 살면서 일부러 몸을 망친 녀석인데. 고등학생 때부터 네 흉내나 내면서 방탕한 생활을 이어간 녀석인데. 너처럼 튼튼하지도

못하면서 말이다. 너야 나를 닮아서 체력도 좋고 건강
하지만, 지금은 몰라도 그 나이 땐 그랬어, 걘 어미를
닮아 신경질적인데다 약하기까지 하잖니. 그러면 몸
이 못 버틴다고 그렇게나 타일렀건만 내 말은 귓등으
로 듣더니 이제 너무 늦었다.

제이미 (날카롭게) 너무 늦었다니, 무슨 말이에요? 그러니까 아
버지 생각은….

티론 (죄책감에 벌컥 화를 내며) 어리석은 소리 하진 말아라! 뜻
은 무슨 뜻! 걔가 몸이 상해서 저렇게나 오랫동안 골
골거릴 수도 있다는 거지.

제이미 (아버지의 설명을 무시하고 빤히 보면서) 폐병을 불치병이라
여기는 건 아일랜드 촌뜨기들이나 하는 생각이에요.
습지 오두막에서나 살면 그럴 수도 있겠지만 여기서
최신식 치료를 받으면….

티론 내가 그걸 모르는 줄 아냐! 그리고, 어디서 그런 헛소
리를 지껄이는 거야! 그 비열한 입으로 한다는 말이 촌
뜨기니, 습지니, 오두막이니 하면서 아일랜드를 비웃
는다고? (비난조로) 에드먼드의 병 얘기는 안 하는 게 양
심에 덜 찔릴 거다. 누구보다 네 책임이 크니까!

제이미 (뜨끔해서) 말도 안 돼요! 아버지, 그런 소리가 어디 있
어요!

티론 사실이잖아! 네가 걔를 그렇게 물들여 놓은 건 사실이 잖아. 걔 너를 영웅이라 생각하며 자란 거 너도 잘 알 거다! 꽤 훌륭한 본보기였지! 넌 걔한테 순 못된 짓들 만 가르쳤어! 나이보다 조숙하게 만들고, 걔 머릿속에 네 잘난 행동 짓거리들을 잔뜩 집어넣었어! 자신의 형 이 인생에 실패해서 정신이 썩어버린 것도, 세상 남자 들은 다 영혼이나 팔아먹는 악당이고 여자들은 모두 창녀 아니면 바보라 믿고 싶어 한다는 것도 모르는 어 린애한테!

제이미 (다시금 무관심으로 방어한다.) 맞아요, 알겠어요. 제가 에 드먼드한테 세상에 대해 가르쳐줬어요. 하지만 그건 걔가 소동을 일으키기 시작한 후부터였잖아요. 형답 게 딱 맞는 충고를 해주려 하면 걔 저를 비웃었어요. 그래서 걔랑 친구처럼 마음을 터놓고 지내면서 걔가 형의 실수를 통해…. (어깨를 으쓱하지만 냉소적으로) 훌륭 한 사람은 못 되더라도 최소한 신중하게는 살아야 한 다는 걸 깨닫게 하려고 했던 것뿐이에요. (티론은 경멸 적으로 코웃음을 친다. 제이미, 갑자기 감정이 복받쳐서) 아버 지, 그건 말도 안 되는 비난일 뿐이에요. 우리 꼬맹이 가 저한테 얼마나 소중한 동생인지, 우리가 얼마나 시 로를 아끼는지 아시잖아요. 우린 다른 형제들과는 다르다고요! 걜 위해서라면 전 뭐라도 할 수 있단 말이에요.

티론 (감동해서 달래듯) 제이미, 네 딴에는 잘하려고 그랬겠지, 잘 알고 있다. 일부러 걔를 망치려고 그랬다는 소리는 아니야.

제이미 그래도 말이 안 되잖아요! 에드먼드는 스스로 마음이 내키지 않으면 누구의 영향도 받지 않는 애란 말이에요. 걔가 말이 없고 조용하니까 사람들은 걔를 마음대로 주무를 수 있을 거라 착각하죠. 그렇지만 걘 사실 고집불통스럽기도 해서 내키는 일만 하지 남의 말은 들은 척도 안 해요! 최근 몇 년간 뱃사람이 되어 온 세상을 떠돌며 벌인 위험하기 짝이 없는 곡예들이 저랑 무슨 상관이 있겠어요. 전 그걸 바보 천치 같은 짓이라 생각했고, 걔한테 그런 말도 했어요. 아버지도 아시다시피 제가 남미에 가서 배에서 쫓겨나는 신세가 되거나 더럽기 그지없는 지하방에 살면서 싸구려 술이나 마시는 걸 좋아할 사람으로 보이시나요? 천만에요! 저 같으면 브로드웨이에 욕실 딸린 방과 제대로 향이 피어나는 버번을 내놓는 술집을 절대 안 떠나죠.

티론 너와 브로드웨이라! 지금의 너를 만든 게 브로드웨이지! (대견해하는 어조로) 그래도 에드먼드는 혼자 떠날 배

짱이 있었어. 빈털털이가 되자마자 애비한테 쪼르르

달려와서 징징거릴 수 없는 곳으로 말이야.

제이미 (뜨끔해서 냉소적으로 질투심을 드러내며) 걔도 결국 빈털털

이로 돌아온 건 사실이잖아요, 안 그래요? 그리고 그

렇게 떠나서 어떻게 됐죠? 그 꼴 좀 보시라니까요! (갑

자기 부끄러워하며) 젠장! 이런 소리를 지껄이다니. 진심

이 아니었어요.

티론 (들은 척도 하지 않고) 걘 신문사 일을 잘해 왔어. 마침내

걔가 원하는 일을 찾은 것이길 바랐는데 말이다.

제이미 (다시 질투심에 비웃는다.) 그깟 촌구석 발행 신문! 신문

사에서 걔에 대해 아버지한테는 뭐라고 헛소리했는

지 모르겠지만 저한테는 아주 실력 없는 기자라고 깎

아내리더군요. 아버지 아들만 아니면···. (다시금 부끄러

워하며) 아니, 그건 사실이 아니에요, 맞아, 맞아! 신문

사에선 걔를 좋아해요, 맞아, 맞아요. 특별 기고를 잘

쓴다고 했어요. 걔가 쓴 시와 패러디 몇 편은 아주 훌

륭하댔어요. (다시 인색하게) 그걸로 최고가 될 수 있는

건 아니지만. (황급히) 그렇지만 멋진 출발을 한 건 사

실이죠.

티론 그지. 그렇지만 걔는 출발이라도 했지. 넌 신문기사가

되고 싶다는 말만 하고선 바닥에서부터 시작할 시도

조차 하지 않았으니까. 넌 그저….

제이미 제발요. 아버지! 제 얘긴 그만 좀 할 수 없어요?

티론 (아들을 노려보다가 외면한다. 잠시 멈춘 뒤) 하필 이런 때 병이 나다니 운도 지지리도 없지. 걘 절대 아파선 안 되는 시긴데. (은밀한 불안감을 감추지 못하며 덧붙인다.) 네 어머니한테도 그렇고. 모든 시름을 잊고 편안히 안정을 취해야 할 사람이 에드먼드 때문에 저렇게 심란해하고 있으니. 처음 집에 와서 두 달 정도는 괜찮았는데. (목소리가 갈라지며 조금 떨린다.) 내겐 천국이나 다름없었다. 가정을 되찾았으니. 제이미, 이런 말 안 해도 알겠지만. (아들이 처음으로 이해와 동정 어린 눈빛으로 그를 바라본다. 갑자거 두 사람 사이에 적대감이 사라진 깊은 공감대가 형성된 듯하다.)

제이미 (꽤나 부드럽게) 저도 똑같은 심정이에요, 아버지.

티론 그래. 이번엔 네 어머니가 얼마나 강하고 자신감이 넘치는 사람인지 봤을 거다. 이번엔 다른 때와는 완전 딴판이야. 마음을 잘 다스리고 있어. 에드먼드가 아프기 전까지는 그랬지. 그런데 너도 보다시피 속으로 점점 긴장하고 겁을 먹고 있어. 네 어머니한테는 사실을 감출 수 있다면 좋겠는데. 걔를 요양원에 보내야 하나 싶었는데 그럴 수가 없겠더구나. 더군다나 네 외할아

버지께서 폐병으로 돌아가셨으니. 네 어머니는 외할
아버지를 거의 숭배하다시피 했으니 그 일을 잊지 못
하는 건 당연하지. 그래, 힘들었을 거야. 그렇지만 해
낼 수 있다! 이제 의지력이 있으니까 말이다! 제이미,
우리도 힘닿는 데까지 네 어머니를 돕자꾸나!

제이미 (마음이 움직이며) 물론 그래야죠. (머뭇거리며) 오늘 아침
엔 예민하신 것 외에는 아무 문제도 없어 보였어요.

티론 (진짜로 확신을 갖고서) 암, 최고였지. 물론이야. 장난기
마저 가득했어. (갑자기 수상하다는 듯 제이미를 바라보며 얼
굴을 찡그린다.) 문제가 없어 보이다니, 그게 무슨 소리
란 말이냐? 문제가 있을 건 또 뭐냐? 무슨 뜻이지?

제이미 그렇게 화부터 내지는 마세요! 도대체 왜 이러시는 거
예요, 아버지. 이 문제는 싸우지 말고 솔직하게 터놓
을 수 있어야 한다니까요.

티론 미안하다, 제이미. (긴장하며) 그럼, 얘기해 보거라….

제이미 얘기할 것도 없어요. 제가 잘못 생각했어요. 사실 어
젯밤에…. 아버지도 아시다시피, 자꾸 걱정되네요. 저
도 모르게 어머니를 의심하게 돼요. 아버지와 마찬가
지예요. (비통하게) 너무 괴롭네요. 그러다 보니 어머니
까지 괴롭게 만들고! 어머닌 우리의 감시하는 것만 같
은 눈길을 자꾸 의식하시고….

티론 (슬프게) 나도 안다. (긴장해서) 어젯밤에는 왜, 무슨 일이냐? 속 시원하게 말 좀 해다오.

제이미 아무것도 아니라니까요. 제가 바보 같은 의심을 했던 거였어요. 새벽 세 시쯤 잠에서 깼는데 빈방에서 어머니 기척이 들렸어요. 그리고 욕실로 들어가시는 소리를 들었어요. 전 자는 척했죠. 어머닌 제 방 앞에서 멈추더니 자고 있는지 확인하려는 것처럼 귀를 기울였어요.

티론 (억지로 조소하며) 뭐야, 그게 다냐? 무적 소리 때문에 밤새 잠을 못 잤다고 들었고, 에드먼드가 아프기 시작한 뒤로 밤마다 그 아이 방에 가서 상태를 살피고 있는 걸로 아는데.

제이미 (간절한 마음으로) 그래요, 맞아요. 어머닌 걔 방 앞에서도 귀 기울였어요. (다시 머뭇거리더니) 제가 겁을 집어먹은 건 어머니가 빈방에 들어가 있었기 때문이에요. 그 방에서 혼자 주무시기 시작하면 언제나….

티론 이번엔 아냐! 내가 설명할 수 있다니까. 어젯밤에 내가 그렇게 코를 고는데 네 어머니가 달리 어디로 갔겠니? (이성을 잃은 것처럼 버럭 화를 낸다.) 넌 도대체 어떻게 된 애가 그렇게 만사를 나쁘게만 보니!

제이미 (뜨끔하여) 그러지 마세요! 제가 잘못 생각했다고 말했

잖아요. 저도 아버지 못지않게 기뻐한다는 거 정말 모
르시는 거예요!

티론 (달래듯이) 그야 그렇지, 물론. (표정이 어두워지더니 미신 같
은 두려움을 품고는 천천히 말한다.) 네 어머니가 에드먼드
걱정에 또 그렇게 된다면 피할 수 없는 저주인지도 모
르겠구나. 처음 시작도 걔를 낳고 오랫동안 앓다가….

제이미 그건 어머니 탓이 아니었어요!

티론 네 어머니 탓이라는 게 아냐.

제이미 (날카롭게) 그럼 누구 탓이죠? 태어난 에드먼드인가요?

티론 어리석은 놈! 누구의 탓도 아니야.

제이미 돌팔이 의사 탓이죠! 어머니 말을 들으니 그 작자도
하디 선생처럼 싸구려 돌팔이였다더군요! 일류 의사
를 쓸 돈이 아까워서….

티론 헛소리 지껄이지 마라! (노발대발하며) 그럼 내 탓이라는
거냐! 결국 그 말을 하고 싶은 거야, 안 그래? 이 성질
더러운 건달 같은 놈아!

제이미 (식당에서 어머니의 기척을 느끼고는 경고한다.) 쉿! (티론은 황
급히 일어나서 오른쪽 창가로 가서 밖을 내다본다. 제이미, 완전
히 달라진 말투로) 오늘 울타리 손질을 해야겠다면 지금
부디 시작하는 게 좋겠네요. (메리가 뒤쪽 응접실에서 나온
다. 그녀는 의심 어린 눈초리로 흘깃 두 사람을 살핀다. 잔뜩 경계

하는 태도다.)

티론 (창에서 눈길을 돌려, 배우다운 열띤 어조로) 그래, 여기서 입
씨름이나 하며 보내기엔 날씨가 너무 좋구나. 메리,
창밖 좀 봐요. 항구에 안개가 없어. 한동안 안개가 계
속 끼었는데 이제는 다 걷힌 모양이구려.

메리 (그에게 다가가며) 그랬으면 좋겠네요. (제이미에게 억지 미
소를 지으며) 네가 먼저 앞쪽 울타리를 손질하자고 나서
다니, 잘못 들은 건 아니겠지? 용돈이 몹시 궁한가 보
구나.

제이미 (농담조로) 안 그런 적이 있나요? (어머니에게 윙크하고는 조
소하는 눈길로 아버지를 흘깃 본다.) 주급으로 최소한 큼직
한 1달러짜리 동전 하나는 받아야죠. 그래야 홍청망청
마셔댈 거 아녜요!

메리 (아들의 농담에 대꾸하지 않는다. 두 손이 초조하게 옷 앞섶으로
올라간다.) 둘이 무슨 얘길 한 거죠?

제이미 (어깨를 으쓱하며) 만나면 밤낮으로 하는 그런 얘기죠,
뭐.

메리 내가 듣기로는 네가 의사 얘기를 하니까 아버지가 너
에게 심보가 고얀 녀석이라고 한 것 같은데.

제이미 (재빨리) 아, 그거요. 하디 선생이 이 세상에서 최고의
내과의는 아니라는 말씀을 드린 것 같은데요.

메리 (거짓말임을 알고는 멍하니) 으응, 그래. 내 생각도 마찬가지야. (억지 미소를 지으며 급하게 화제를 돌린다.) 브리지트 말이야! 세인트루이스에서 경찰 노릇을 한다는 육촌 얘기를 늘어놓기 시작하는데 끝도 없어. 못 빠져나오는 줄 알았다니까. (초조하고 짜증스럽게) 울타리 손질을 하려면 빨리 나가지 그러니? (황급히) 내 말은, 해가 떠 있을 때 일하라는 거야. 다시 안개가 끼기 전에. (혼잣말하는 듯한 묘한 어조로) 다시 낄 거야. (문득 자신에게 고정된 두 사람의 시선을 의식하고 당황해서 손을 올린다.) 그러니까, 이 손으로 알 수 있다는 거지. 제임스, 일기 예보는 당신보다 관절염 걸린 이 손이 더 정확하다니까요. (혐오감에 빠져 자신의 손을 내려다보며) 아! 흉하기도 해라! 이 손이 한때는 아름다웠다고 하면 아무도 안 믿을 거겠지만. (아버지와 아들은 밀려드는 두려움 속에서 그녀를 바라본다.)

티론 (아내의 손을 잡고 가만히 아래로 내리며) 자, 자, 메리, 바보 같은 소리 말아요. 세상에서 당신 손이 제일 예쁜걸. (메리는 얼굴이 환해지면서 미소 짓는다. 그리고 남편에게 감사의 키스를 한다. 티론, 아들을 향해) 이제 나가자꾸나, 제이미. 내 어미니가 나무라는 깃도 당연해. 일은 해야 시작 아니겠니. 뙤약볕 아래서 땀 좀 흘리면 그 허리에

붙은 술 살이 조금이나마 빠지지 않겠니. (현관의 방충문을 열고 나가 계단을 내려간다. 제이미도 의자에서 일어나 양복 저고리를 벗고 문으로 간다. 문간에서 뒤를 힐끗 돌아보지만, 어머니의 시선을 피하고 어머니 역시 아들을 쳐다보지 않는다.)

제이미 (어색하고 딱딱하게) 우리 모두 어머니가 정말 자랑스러워요. 지독하게 행복하기도 하고요. (메리는 긴장해서 몸이 굳어지며 겁에 질린 반항적인 눈으로 아들을 본다. 제이미는 더듬거리며 계속 이어간다.) 그래도 아직 조심하셔야 해요. 에드먼드 걱정은 너무 많이 하지 마세요. 걘 괜찮을 거예요.

메리 (완강하고 몹시 화난 얼굴로) 당연히 괜찮지. 그런데 그게 무슨 소리더냐? 나더러 조심하라니.

제이미 (호의가 짓밟히자 마음이 상해서 어깨를 으쓱한다.) 알았어요, 어머니. 말한 제가 잘못이죠, 뭐. (현관으로 나간다. 메리는 굳은 채로 그가 계단 아래로 사라질 때까지 기다렸다가 아들이 앉았던 의자에 풀썩 앉는다. 감추려고 애쓰던 겁에 질린 절망감이 얼굴에 드러나고 두 손은 탁자 위의 물건들을 공연히 이리저리 옮겨 놓으며 배회한다. 그러다가 에드먼드가 현관 쪽에 있는 계단을 내려오는 소리를 듣는다. 그는 계단 발치에 가까워지면서 발작적인 기침을 토해낸다. 메리는 그 소리로부터 도망치고 싶기라도 한 듯 퉁겨져 일어나 재빨리 오른쪽 창가로 간다. 에드먼드가 한 손에 책을 들고 앞쪽 응접실을 통해 들어섰을 때 그녀는 외관상으로는 평온한 모습으로 창밖을 내다본다. 아들을 환영하는 어머니다운 미소를 머금은 채 돌아본다.)

메리 내려왔구나. 그렇잖아도 너를 찾으러 올라가려던 참이었어.

에드먼드 아버지하고 형이 나갈 때까지 기다렸어요. 말싸움에 휘말리고 싶지 않았거든요. 기분이 너무 엉망이에요.

메리 (거의 화가 난 목소리로) 또 그놈의 엄살이구나. 꼭 어린애 같이 말이야. 가족들이 모두 네 걱정에 몸이 달아 난리를 쳐야 직성이 풀리겠니? (황급히) 놀리려고 그러는 거야. 얼마나 몸이 불편한지 잘 안단다. 그렇지만 오늘은 좀 낫지, 안 그러니? (걱정스럽게 아들의 팔을 잡으며) 그래도 너무 말랐어. 넌 푹 쉴 필요가 있어. 앉거라. 편하게 해주마. (에드먼드가 흔들의자에 앉자 메리가 등에 쿠션을 받쳐준다.) 됐다. 어떠니, 괜찮니?

에드먼드 아주 좋아요. 고마워요, 어머니.

메리 (키스하며 부드럽게) 넌 이 엄마의 간호만 잘 받으면 돼. 이렇게 컸지만 나에겐 아직도 아기잖아.

에드먼드 (어머니의 손을 잡고 아주 진지하게) 제 걱정은 마세요. 어머니야말로 긴강부터 돌보셔야죠. 그게 제일 중요하잖아요.

메리 (아들의 시선을 피하며) 난 건강하단다. (억지로 소리 내어 웃으며) 얘야, 이 엄마가 살찐 거 보이지 않니! 옷을 전부 늘려야겠어. (그녀는 돌아서서 오른쪽 창가로 간다. 짐짓 명랑하고도 쾌활한 어조로) 울타리 손질을 시작했군. 불쌍한 제이미! 잰 지나가는 사람들이 다 볼 수 있는 앞쪽에서 일하는 걸 질색으로 여기는데. 채트필드네가 새로 구입한 메르세데스를 타고 지나가는구나. 참 멋진 차네, 그치? 우리 패카드 중고차와는 완전 다르지. 불쌍한 제이미! 그 사람들 눈에 안 띄려고 울타리 밑으로 잔뜩 구부리고 있어. 채트필드네가 인사를 하니까 네 아버지, 커튼콜을 받고 나온 배우처럼 답례를 하는구나. 저 꾀죄죄한 낡은 옷을 입고서. 버리라고 그렇게 얘기해도, 원. (비판하는 목소리로) 네 아버지 말이다, 체통 없이 옷차림이 저게 뭐니.

에드먼드 남들 이목 신경 쓰지 않는 건 잘하는 일이죠. 채트필드네에게 신경 쓰는 형이 어리석은 거예요. 저 사람들, 이 시골구석이 아니면 누가 알아주겠어요?

메리 (흡족해서) 그렇지. 네 말이 맞다, 에드먼드. 우물 안 개구리들이지. 제이미가 어리석은 거야. (잠시 멈춘 후, 창밖을 내다보다가 쓸쓸함이 깔린 목소리로) 그래도 채트필드네 같은 사람들은 내세울 거라도 있지. 그들한테는 어디 내놔도 부끄러울 게 없는 훌륭한 집이 있잖니. 서로 초대하고 초대받을 수 있는 친구들도 많이 있고. 그들은 단절되어 살지 않잖아. (아들을 돌아보며) 그렇다고 그들과 어울리고 싶은 건 아냐. 난 이곳과 이곳 사람들이 싫어. 너도 알 거야. 난 처음부터 여기 살고 싶은 마음이 없었어. 그런데 네 아버지가 고집을 부려서 이 집을 짓는 바람에 여름마다 여기 와서 살아야 했던 거야.

에드먼드 그래도 뉴욕 호텔에서 여름을 보내는 것보다는 훨씬 나으니까요. 안 그래요? 그리고 여기도 뭐 그렇게 나쁘진 않아요. 전 꽤 마음에 들어요. 아마 우리 집이라곤 여기뿐이라서 그렇겠죠.

메리 난 여기가 내 집이라고 느껴본 적이 없단다. 처음부터 잘못되었다고 생각하니까. 이리 봐도 저리 봐도 싸구려로 지어진 집이야. 네 아버지는 집을 제대로 꾸미는 데 돈을 쓴 적이 없다니까. 여기에 친구가 없는 게 차라리 다행이다 싶다니까. 손님을 초대하기도 부끄러운 집이잖니. 사실 네 아버지 집안끼리 가깝게 지내는 건 좋아하지도 않지. 누군가를 초대하거나 남의 집에 초대받아 가는 것조차 싫어하잖니. 그저 클럽이나 술집에서 남자들끼리 술이나 마시면서 어울리기나 하지. 네 형이랑 너도 마찬가지잖니. 너희 탓은 아니지만, 여기 살면서 어디 점잖은 사람을 만날 기회조차 없었다니까. 너희도 얌전한 아가씨와 사귈 수 있으면 이렇게 되지 않을 텐데 말이다⋯. 망신거리가 될 일도 없지. 이젠 점잖은 집안에서는 자기네 딸을 너희와 어울리지도 못하게 하니, 원 참.

에드먼드 (짜증스럽게) 어머니, 제발 좀 그만요! 누가 신경이나 쓴대요? 형이나 저나 그런 여자들은 따분해서 질색이에요. 그리고 노친네 얘기도 그만요. 그런다고 사람이 바뀔 것도 아닌데.

메리 (기계적으로 나무라며) 아버지한테 노친네가 뭐니, 버릇없이. (그러고 멍하게) 물론 말해봐야 소용없다는 거 알아. 그렇지만 가끔은 너무 쓸쓸하단다. (입술이 살짝 떨린다. 여전히 고개를 돌리고 있다.)

에드먼드 그래도 말은 바로 해야죠. 어머니, 처음에는 전부 아버지 탓이었는지 몰라도 나중에는 아버지가 손님을 초대하고 싶어도 그럴 수가⋯. (가책을 느끼기에 더듬거린다.) 제 말은, 그게 말이죠, 어머니가 원하지 않으셨을 거라는 거죠.

메리 (움찔해서는, 딱할 정도로 입술을 떨며) 그만해라. 지난 일을 들추는 짓은 하지 말자꾸나.

에드먼드 그런 식으로 받아들이지 마세요! 제발, 어머니! 전 그냥 어머니를 도우려고 이러는 것뿐이에요. 어머니에겐 잊는 게 약이 아니에요. 기억해야 해요. 그래야 항상 조심할 수 있잖아요. 그때 어떤 일이 일어났는지 아시잖아요. (비참하게) 어머니, 저도 과거를 들추고 싶지 않아요. 제가 이러는 건 어머니가 이렇게 돌아오셔서 예전 모습 그대로 계신 게 너무 좋아서 그러는 것뿐이에요. 혹시라도 끔찍한 일이….

메리 (비탄에 잠겨서) 얘야, 제발. 잘되라고 이런다는 건 알지만…. (다시 목소리에서 방어적인 불쾌감이 가볍게 어린다.) 도대체 왜 갑자기 그런 얘기를 들추는 건지 모르겠구나. 오늘 아침엔 왜 이러는 거니?

에드먼드 (얼버무리며) 아녜요. 그냥, 기분이 엉망이라 그런가 봐요.

메리 솔직히 말해 보거라. 갑자기 왜 그렇게 의심이 많아진 건지?

에드먼드 아니라니까요!

메리 아니긴 뭐가 아냐. 나도 다 안단다. 네 아버지랑 형도 마찬가지 아니겠니. 특히 네 형 말이다.

에드민드 괜한 상상 좀 하지 마세요, 어머니.

메리 (손을 초조하게 움직이며) 아무도 날 믿어주지 않고 의심하고 감시하는 이런 분위기에서는 견디기가 훨씬 더 힘들구나.

에드먼드 말도 안 돼요, 어머니. 우린 어머니를 믿는데 왜 그러시는 거예요.

메리 단 하루라도, 하다못해 오후만이라도 어디 나갈 데가 있다면. 심각한 얘기 말고 그저 웃고 떠들고 시름을 잊게 할 수 있는 여자 친구가 있다면. 하녀들 말고, 특히 저 멍청한 캐슬린은 빼고 말이야!

에드먼드 (걱정스러운 얼굴로 일어나서 어머니의 어깨를 감싸안는다.) 이제 그만하세요, 어머니. 아무것도 아닌 일로 괜히 흥분하시는 거예요.

메리 네 아버지는 외출이라도 하지. 술집이나 클럽에 가서 친구들이라도 만나잖니. 너랑 네 형도 친구들이랑 어울리고. 다들 나가는데 나만 혼자야. 항상 혼자란 말이다.

에드먼드 (달래듯이) 어머니도 참! 그건 억지예요. 우리 셋 중 한 명은 꼭 어머니 곁에서 친구로 자리하고 있잖아요. 드라이브하러 나가실 때도 같이 가고.

메리 (따끔하게) 나 혼자 두는 게 못 미더워서 그랬잖니! (아들을 향해 돌아서서, 날카롭게) 오늘 아침엔 왜 이렇게 유난스럽게 구는 건지 말해 보거라. 왜 지난 일을 굳이 들취내야 한다고 생각했는지….

에드먼드 (주저하다가 가책을 느끼는 목소리로 엉겁결에 말한다.) 별일 아니에요. 어젯밤에 어머니가 제 방에 들어오셨을 때 사실 저 깨어 있었어요. 근데 어머닌 침실로 돌아가지 않았어요. 대신 빈방으로 들어가서 남은 밤을 보냈지요.

메리 그건 네 아버지 코 고는 소리 때문에 도저히 견딜 수가 없어서 그랬던 거란다! 세상에나, 내가 그 빈방에서 혼자 잔 게 어디 한두 번이니? (따끔하게) 네가 무슨 생각을 했는지 알겠구나. 그때는….

에드먼드 (필요 이상으로 화를 내며) 전 아무 생각도 안 했어요!

메리 그럼 날 감시하려고 자는 척했던 거구나!

에드먼드 아네요! 제가 열 때문에 잠을 못 자는 걸 알면 어머니가 걱정하실까 봐 그랬던 것뿐이에요.

메리 제이미도 자는 척했던 거야, 틀림없어. 네 아버지도….

에드먼드 그만 좀 하세요, 어머니!

메리 도저히 견딜 수가 없구나. 에드먼드 너마저도…! (초조하게 손을 올려 아무렇게나 머리를 매만진다. 갑자기 묘하게 복수심에 찬 목소리가 되어) 그 의심이 사실이라면 다들 벌을 받은 거지!

에드먼드 어머니! 그런 말씀 마세요! 그런 말이 나오는 때는….

메리 의심 좀 그만하거라! 제발 부탁이다! 네가 그러면 내 마음이 아파서 그래! 네가 걱정되어서 못 잤던 거야. 그게 진짜 이유란다! 네가 병이 난 뒤로 얼마나 걱정이 되는지 넌 모를 거야. (겁에 질려 자식을 보호하고자 하는 모정으로 아들을 꼭 껴안는다.)

에드먼드 (달래듯) 쓸데없이 왜 그러세요. 그냥 독감이라는 거 아시면서.

메리 물론이지, 알고 말고!

에드먼드 하지만 말이에요, 어머니. 이것만은 꼭 약속해 주세요. 만약에 더 나쁜 병으로 밝혀진다 해도 전 반드시 금방 나을 테니 괜한 걱정으로 병이나 키우지 마시고 어머니 몸부터 잘 돌보겠다고요⋯.

메리 (약간 겁에 질린 듯) 그런 무서운 소리 하지 말아라! 도대체 왜 그런 쓸데없는 생각을 하는 거냐! 물론 약속하마. 내 명예를 걸고 약속하지! (그런 다음 비통한 말투로) 내가 이전에도 명예를 걸고 약속한 적이 있었는지를 생각하고 있겠지.

에드먼드 아녜요!

메리 (비통한 마음이 어쩔 수 없는 체념으로 바뀌면서) 널 나무라는 게 아니다. 너라고 어쩔 도리가 있겠니? 우리 중에 누가 그걸 잊을라고? (묘하게) 그래서 이렇게 힘든 거겠지, 우리 모두. 잊을 수 없는 일이니까.

에드먼드 (어머니의 어깨를 움켜잡으며) 어머니! 이젠 그만하세요!

메리 (억지로 미소 지으며) 알았다, 얘야. 우울하게 이럴 생각은 아니었는데. 내 걱정은 말아라. 그럼 어디, 열이 있나 좀 만져나 보자꾸나. 어머나, 열은 전혀 없는걸. 다행이다.

에드먼드 됐어요! 어머니나 챙기….

메리 난 괜찮아. (교활하다 싶은 계산적인 묘한 눈길로) 어젯밤 잠을 설쳐서 피곤하고 이래저래 예민하긴 하지. 난 이층에 올라가서 점심때까지 눈 좀 붙여야겠구나. (에드먼드는 본능적으로 의심의 눈초리로 어머니를 쳐다보다가 그런 자신이 부끄러워져 재빨리 외면해 버린다. 메리는 초조하게 서두른다.) 넌 이제 뭘 할 거니? 여기서 책이라도 읽을래? 밖에 나가서 신선한 공기도 마시고 햇볕도 쬐는 게 훨씬 낫긴 하겠지만. 그렇다고 볕을 너무 많이 쬐면 안 된다. 모자는 꼭 챙기거라. (말을 멈추고 아들을 똑바로 쳐다본다. 에드먼드는 그녀의 눈길을 피한다. 잠시 긴장된 침묵이 흐른 뒤 그녀가 비웃듯 말한다.) 못미더워서 나 혼자 두고 못나가겠니?

에드먼드 (고통스럽게) 아녜요! 그런 소리 좀 그만하실 수 없어요? 정말 좀 쉬셔야겠어요. (현관문 쪽으로 걸어간다. 애써 장난스럽게) 가서 형이 버틸 수 있도록 도와줘야겠어요. 전 그늘에 누워 형이 일하는 걸 구경하는 게 좋아요. (억지로 소리 내어 웃자 메리도 따라 웃는다. 에드먼드는 밖으로 나가 계단 아래로 사라진다. 메리는 안도한다. 그리고 긴장이 풀린 듯 하다. 탁자 뒤쪽의 고리버들 안락의자에 풀썩 앉아 고개를 뒤로 젖히고는 눈을 감는다. 이윽고 갑자기 긴장하기 시작한다. 발작하듯 공포에 사로잡혀 눈을 뜨고는 거칠게 몸을 웅크린다. 스스로와 필사적인 싸움을 벌인다. 관절염 때문에 뒤틀리고 울퉁불퉁해진 손가락들이 그녀의 의지와는 상관없이 의자 팔걸이를 두드리기 시작한다.)

막

제 2 막

1장

같은 장소. 12시 45분경. 이제 오른쪽 창들을 통해 들어오던 햇볕은 들지 않는다. 바깥 날씨는 여전히 화창하지만 대기 중 옅은 안개가 쨍쨍한 햇볕을 누그러뜨리면서 점점 무더워진다.

에드먼드가 탁자 왼쪽의 안락의자에 앉아 책을 읽고 있다. 책에 집중하려 애쓰지만 잘되지 않는 듯하다. 이층에서 무슨 소리가 들리는지 귀 기울이고 있는 듯하다. 불안하고 초조해하는 표정인데다, 1막에서보다 병색이 더 짙어 보인다.

하녀인 캐슬린이 뒤쪽 응접실을 통해 들어온다. 그녀는 버번 한 병과 위스키잔 몇 개, 얼음물 주전자가 놓인 쟁반을 들고 있다. 갓 스물인 이 통통한 아일랜드 시골 출신 아가씨는 예쁘장한 얼굴에 뺨이 발그레하고 머리칼은 검고 눈은 푸르며, 사근사근하지만 총명하지 못하고 세련되지 못한 데다 악의는 없지만, 지독히도 우둔하다. 탁자 위에 쟁반을 놓는다. 에드먼드는 그녀와 상대하기 싫어 책에 빠진 척하지만, 그녀는 아랑곳하지 않는다.

캐슬린 (수다스럽고 뻔뻔하게) 위스키 내왔어요, 도련님. 이제 곧 점심 드실 텐데, 주인님이랑 제이미 도련님을 부를까요? 아니면 도련님이 직접 부르실래요?

에드먼드 (책에 집중한 척하며) 가서 불러.

캐슬린 주인님께선 어째 가끔 시계도 안 보시는 건지. 식사 시간에 늦는 데는 아주 선수시라니까요. 그런데도 브리지트는 제 잘못인 것처럼 저한테 야단이던걸요. 그래도 우리 주인님, 나이 드셨다 해도 정말 미남이시라니까요. 도련님은 그만한 미남은 못되지요, 암요. 제이미 도련님도 마찬가지고요. (킬킬 웃는다.) 장담하건데, 제이미 도련님은 본인 이름으로 된 시계만 있으면 절대 위스키 마실 시간은 놓치지 않을 거예요!

에드먼드 (그녀를 무시하려던 걸 포기하고 싱긋 웃으며) 그건 그렇지.

캐슬린 하나 더 장담해 볼까요. 도련님, 주인님과 제이미 도련님이 들어오시기 전에 몰래 한잔하려고 저한테 불러오라고 시키시는 거죠, 맞죠?

에드먼드 생각조차 하지 않았는데….

캐슬린 아니래, 맙소사! 시침 떼시는 것 좀 봐.

에드먼드 그렇지만 네가 권하니, 뭐….

캐슬린 (갑자기 새침한 척 고결한 척하며) 에드먼드 도련님, 저는 남자한테든 여자한테든 절대 술은 안 권해요, 그럼요.

우리 고향 아저씨 한 분이 술 때문에 돌아가신 것을 봤으니까요. (누그러지며) 그렇지만, 가끔 기분이 울적하거나 독감에 걸렸을 때 한잔하는 건 해롭지 않죠.

에드먼드 이런 좋은 핑계를 대주다니 고맙네, 그려. (문득 생각난 것처럼 꾸며서) 어머니도 부르는 게 좋겠는데.

캐슬린 뭐 하려요? 마님은 안 불러도 항상 제때 오시는데. 복 받으실 분이에요. 하인들을 이렇게나 배려해 주시니.

에드먼드 어머닌 주무시고 계셔.

캐슬린 아까 제가 이층에서 일을 끝냈을 때는 안 주무셨는데. 눈을 크게 뜨고 빈방에 누워 계셨어요. 머리가 아파 죽겠다고 그러시던데요.

에드먼드 (더욱 아무렇지 않게) 그러면 아버지나 부르지, 뭐.

캐슬린 (현관문으로 향하며 악의 없이 구시렁거린다.) 이러니까 밤마다 다리가 쑤시는 거 아니겠어요. 이 땡볕에 괜히 나가서 일사병에 걸리고 싶지는 않은데. 현관에서 불러야겠군. (옆쪽 베란다로 나가 방충문을 세게 닫고서 앞쪽 베란다로 사라진다. 잠시 후 그녀가 외치는 소리가 들린다.) 주인님! 제이미 도련님! 시간 다 됐어요! (에드먼드, 책 읽던 것도 잊고 겁에 질려 멍 하니 앞을 보다가 초조하게 벌떡 일어난다.)

에드먼드 참 대단한 하녀야! (술병을 잡고 한 잔 따르고는 얼음물을 섞어 마신다. 그러는 동안 누군가 현관문으로 들어오는 소리가 들린다. 황급히 술잔을 쟁반에 내려놓고 다시 의자에 앉아 책을 편다. 제이미가 팔에 양복저고리를 걸치고 앞쪽 응접실로 들어온다. 떼어낸 셔츠 칼라와 타이를 손에 들고 있다. 손수건으로 땀범벅인 이마를 훔친다. 에드먼드는 그제야 인기척을 느낀 것처럼 슬며시 고개를 든다. 제이미는 술병과 잔들을 보고 냉소적인 미소를 짓는다.)

제이미 슬쩍 한잔했지, 응? 속일 생각은 굳이 하지 마, 이 꼬맹아. 넌 언제나 나보다도 연기력이 형편없으니까.

에드먼드 (씩 웃으며) 상황이 나빠지기 전에 한잔했지.

제이미 (동생의 어깨에 다정히 한 손을 얹으며) 그래야지. 굳이 날 속일 필요가 뭐가 있겠니? 우린 말 그대로 친군데 말이야, 안 그래?

에드먼드 형이 들어오는 줄 몰라서 그랬어.

제이미 노친네한테 시계를 보게 했어. 반쯤 올라오는데 마침 캐슬린이 지저귀기 시작하더라고. 우리의 시끄러운 아일랜드 종달새의 지저귐 말이야! 걘 열차 안내 방송 같은 거 했으면 잘했을 거야.

에드먼드 나도 그 지저귐 때문에 한잔하게 됐지. 형도 기회 있을 때 한잔하지 그래?

제이미 그러잖아도 그 생각 하던 참이야. (재빨리 오른쪽 창가로 간다.) 노친네가 말이야, 늙은 터너 선장과 얘기하는 중

이거든. 좋아, 아직도 그러고 있군. (돌아와서 한 잔 마신다.) 자, 이제 노친네의 독수리 같은 눈을 속여야 하지 않겠어. 아버진 병에 술이 얼마나 차 있었는지 항상 기억하시잖아. (물 두 잔을 위스키병에 붓고 가볍게 흔든다.) 됐어, 이렇게 하면 끝나는 거지. (잔에 물을 붓고 에드먼드 옆에 놓는다.) 그리고 네가 마시던 물은, 여기 있다.

에드먼드 좋아! 설마 아버지가 속을 거라고 생각하는 건 아니겠지, 응?

제이미 안 속을지도 모르지만 그렇다고 증명할 수도 없잖아. (셔츠 칼라를 달고 타이를 매며) 본인 목소리 감상하느라 점심 식사까진 잊지 않았으면 좋겠다. 아냐, 배고픈데. (에드먼드 건너편에 앉으며, 짜증스럽게) 내가 그래서 집 앞에서 일하기가 싫은 거야. 지나가는 인간들마다 붙잡고는 연기 같지 않은 연기를 펼친다니까.

에드먼드 (침울하게) 형은 그래도 배가 고프니 좋겠군. 난 몸이 이래서 먹고 싶은 생각도 없는데 말이야.

제이미 (걱정스러운 눈으로 흘깃 보며) 잘 들어, 야이 꼬맹아. 너, 나 알지? 형이라고 너한테 설교하거나 그러지 않는다는 거. 그렇지만 하디 선생이 술 끊으라고 한 거, 그건 분명 옳은 말이야.

에드먼드 이따 오후에 하디 선생이 나쁜 소식을 전하면 그때부터 끊을게. 그 전에 몇 잔 한다고 뭐 달라질 건 없잖아.

제이미 (망설이다가 천천히) 나쁜 소식을 들을 마음의 준비가 됐
다니 다행이구나. 그렇게 큰 충격은 분명 아닐 거야.
(빤히 보는 에드먼드의 눈길을 의식하고는) 내 말은, 네가 진
짜 병에 걸린 건 분명한 사실이니까 스스로를 속이는
건 그다지 좋지는 않다는 거지, 뭐 그런 거지.

에드먼드 (심란해져서) 속이긴 뭘 속인다고 그래. 나도 내 몸이 어
떠한 상태인지 정도는 충분히 알아. 한밤중에는 춥고
열 나는 게 장난 아냐. 하디 선생의 추측이 옳은 것 같
기는 해. 빌어먹을 말라리아가 도진 거겠지.

제이미 그럴지도…. 그래도 너무 확신하지는 말고.

에드먼드 왜? 형은 뭐라고 생각하길래?

제이미 야, 내가 어떻게 알아? 내가 의사냐. (느닷없이) 어머닌
어디 계시지?

에드먼드 이층에.

제이미 (날카롭게 동생을 바라보며) 언제 올라가셨는데?

에드먼드 글쎄, 아마도 내가 울타리로 내려갔을 때쯤. 낮잠 좀
주무시겠다고 하셨는데.

제이미 아간 왜 그런 말 안 한….

에드먼드 (방어적으로) 왜 말해야 하는데? 그게 뭐가 어때서? 어머
닌 녹초가 되셨으니까. 어젯밤에 잠을 설치셨던 거 같

거든.

제이미 나도 그 상황은 알아. (멈춤. 형제는 서로의 눈길을 피한다.)

에드먼드 빌어먹을 무적 소리 때문에 나도 못 자긴 마찬가지야.

(다시 멈춤)

제이미 오전 내내 이층에 혼자 계시는 거지, 응? 그 뒤로 못 본 거지?

에드먼드 난 여기서 책을 읽고 있었으니까. 어머니가 좀 주무시 도록 놔두려고.

제이미 점심은 드시러 내려오신대?

에드먼드 당연하지, 그러시지 않겠어?

제이미 (냉담하게) 당연하긴. 점심을 안 드실지도 모르지. 어쩌 면 이제 거의 이층에서 혼자 드실지도 모르는 일이니 까. 전에도 그런 일이 있었잖아, 그치?

에드먼드 (겁이 나서 화를 내며) 그만해, 형! 왜 항상 그런 식으로만 말을…? (설득력 있게) 무슨 일이든 의심부터 하는 건 안 좋은 거야. 캐슬린이 방금 어머니를 보고 내려왔어. 점심 드시러 못 내려온다는 말씀은 없으셨다던데.

제이미 그럼 주무셨던 게 아닌가?

에드먼드 그때는. 캐슬린 말로는 그냥 누워 계셨다던데.

제이미 그 빈방에서?

에드먼드 그래. 대체 그게 뭐 어떻다는 거야?

제이미 (버럭 소리를 지르며) 이 바보 멍청아! 어머니를 그렇게 오래 혼자 두면 어떡해! 옆에서 지켜야 하는 거 아냐?

에드먼드 우리가 어머니를 못 믿어서 항상 감시한다고 나무라시잖아. 그 말을 들으니 부끄러웠다니까. 어머니 기분이 어떠실지 아니까. 그리고 어머닌 명예를 걸고 약속을….

제이미 (지긋지긋하다는 듯) 그런 건 아무 소용 없다는 걸 알아야지.

에드먼드 이번엔 아냐, 분명해!

제이미 전에도 그렇게 생각했었지. (테이블 너머로 몸을 기울여 다정하게 동생의 팔을 잡는다.) 잘 들어. 이 꼬맹이 녀석아. 네 눈에는 내가 불효막심한 냉소주의자같이 보이겠지만, 난 분명 이런 사건을 너보다 훨씬 많이 겪었단 말이지. 넌 고등학교 때까지 아무것도 모르고 있었지. 아버지와 내가 너한테는 숨긴 사실이니까. 하지만 난 너한테 털어놓기 10년 전부터 알고 있었어. 전력(前歷)을 알기 때문에 아침부터 계속 어젯밤에 어머니가 하신 행동에 대해 생각하고 있었던 거야. 도저히 그 생각을 떨쳐버릴 수가 없었다고. 그런데 어머니가 너를 따돌리고 오전 내내 혼자 이층에 계신다는 말을 들으니까 내가 이러는 거야.

에드먼드 그게 아냐! 형은 분명 미친 거야, 분명해!

제이미 (달래듯) 알았다, 꼬맹아. 우리 싸우지 말자. 나도 차라리 내가 미친 거라면 다행이겠다 싶어. 이번엔 나도 희망에 부풀어서 행복해 미칠 지경이었는데…. (말을 끊는다. 앞쪽 응접실을 살피면서, 목소리를 낮추더니 황급히) 어머니가 내려오고 계셔. 네 말이 옳았다. 난 정말 의심 밖에 모르는 한심한 인간이 맞구나. (그들은 희망과 두려움이 섞인 기대감으로 점점 긴장한다. 제이미가 중얼거린다.) 젠장! 한 잔만 더 했으면 좋겠는데.

에드먼드 나도. (초조하게 기침을 시작하고 곧 발작적인 기침이 이어진다. 제이미는 근심과 연민 가득한 눈빛으로 동생을 홀낏 쳐다본다. 메리, 앞쪽 응접실을 통해 들어온다. 얼핏 보기엔 방금 전보다 덜 초조해하고 아침 식사 직후의 상태와 비슷해진 걸 제외하곤 달라진 점을 찾을 수는 없지만 자세히 관찰해 보면 눈은 더 반짝거리고, 현실에서 한 걸음 정도 물러나서 말하고 행동하는 듯 목소리와 태도가 묘하게 초연해진 걸 알 수 있다.)

메리 (걱정스럽게 에드먼드에게로 가서 어깨를 안으며) 이렇게 기침하면 안 되는데. 목에 안 좋으니까. 감기에다 목까지 아프면 안 되는데. (에드먼드에게 키스한다. 에드먼드는 기침을 그치고 걱정스러운 눈으로 어머니의 반응을 살핀다. 그러나 그녀의 다정함이 그의 의심을 잠재워 잠시 그는 자신이 믿고 싶은 대로 믿는다. 반면 제이미는 한 번쯤 유심히 보고는 자신의 의심이 옳았음을 깨닫는다. 바닥으로 시선을 떨구고 방어적인 냉소가 어린 쓰라린 표정이 된다. 메리는 에드먼드의 의자 팔걸이에 살짝 걸터앉아 아들의 어깨를 안고 말을 잇는다. 그녀의 얼굴은 에드먼드의 뒤쪽 위에 있어서 그는 어머니의 눈을 볼 수가 없다.) 이 엄마가 이것도 하지 마라, 저것도 하면 안 된다고 하고 너한테 잔소리만 하는 것 같구나. 미안하다, 애야. 다 너를 위해서 그런 건데 말이야.

에드먼드 알아요, 어머니. 어머닌 좀 어떠세요? 좀 쉬셨어요?

메리 그래, 훨씬 가뿐해졌어. 네가 나간 뒤로 계속 누워 있었거든. 간밤에 잠을 설쳤으니 당연히 그래야지. 이젠 다행히 예민한 기분도 아니야.

에드먼드 잘됐네요. (어깨 위에 놓인 어머니의 손을 토닥인다. 제이미는 동생의 진심이 의심스러운 듯 묘한, 거의 경멸에 가까운 눈으로 흘낏 본다. 에드먼드는 그걸 눈치 채지 못하지만 메리는 놓치지 않는다.)

메리 (억지로 놀리는 것처럼 꾸며서) 어머나, 제이미 넌 왜 그렇게 풀이 죽어 있니? 또 무슨 일이야?

제이미 (어머니를 보지도 않고) 아네요.

메리 참, 앞쪽 울타리에서 일 많이 하시느라 힘이 드셨나 보군. 그래서 그렇게 기운이 하나도 없으시군요?

제이미 좋으실 대로 생각하세요.

메리 (여전히 놀리는 투로) 그래, 일만 하고 나면 항상 저러지, 응? 덩치만 컸지 어린애랑 뭐가 다른지 모르겠다니까. 그렇지 않니, 에드먼드?

에드먼드 다른 사람들 이목에 신경 쓰는 걸 보면 바보가 분명해요.

메리 (묘한 말투로) 그래, 신경 안 쓰는 방법밖에 없어. (제이미가 노려보는 듯한 눈으로 흘깃 보자 당장 화제를 바꾼다.) 너희 아버진 어디 계시니? 캐슬린이 부르는 소리가 들렸는데.

에드먼드 형이 그러는데 터너 선장을 붙잡고 있대요. 평소처럼 또 늦으시겠죠. (제이미는 등을 돌릴 구실이 생기자 얼른 일어나서 오른쪽 창가로 간다.)

메리 캐슬린 말이야, 아버지가 계시면 직접 가서 말씀드리라고 입이 닳도록 타일렀건만 싸구려 하숙집에서처럼 고래고래 소리나 지르다니!

제이미 (창밖을 내다보며) 저기 내려갔네요. (냉소적으로) 명배우의 '낭랑한 음성'을 중단시키다니! 버르장머리 없이 말이야.

메리 (아들을 향한 분노가 터져, 날카롭게) 버르장머리 없는 건 바로 너잖아! 아버지 좀 그만 비웃어라! 아버지 좀 그만 비웃어! 이제는 용서하지 않을 테다! 아버지를 제발 자랑스럽게 여기도록 해! 물론 아버지한테도 허물은 있겠지. 세상에 허물없는 사람이 어디 있니? 네 아버진 평생 열심히 일해 오신 분이야. 가난과 무지를 딛고 일어나 자기 분야에서 이만큼 정상에 오르신 거란 말이다. 다른 사람들은 다 네 아버지를 칭찬하는 걸 모르니. 그리고 설사 세상 사람들이 다 네 아버지를 비웃는다 해도 넌 그러면 안 되지. 아버지 덕에 평생 힘들여 일할 필요 없이 살아왔으니. (상처받은 제이미, 돌아서서 비난 어린 반항의 눈길로 메리를 노려본다. 메리, 미안해서 눈빛이 흔들리며 달래는 목소리로 덧붙인다.) 제이미, 아버지도 이제 늙으셨어. 그러니 이해를 좀 해드리자.

제이미 그래요?

에드먼드 (불안해서) 형, 그만해, 이젠! (제이미, 다시 창밖을 내다본다.) 그리고 어머니도 이젠 그만하세요. 왜 갑자기 형을 그리 몰아붙이시는 거예요.

메리 (매정하게) 눈만 뜨면 남을 비웃는 것이 일상이 되었잖니. 다른 사람들 약점이나 끄집어내고 말이야. (그러다 돌연 감정 없는 초연한 목소리로) 운명이 저렇게 만든 거지 저 아이 탓은 아닐 거야. 사람은 운명을 거역할 수 없어. 운명은 우리가 미처 깨닫지 못하는 사이에 손을 써서 우리가 진정으로 원하는 것과는 거리가 먼 일들을 하게 만드는 것이 분명하니까. 그래서 우리는 영원히 진정한 자신을 잃고 마는 거야. (에드먼드는 어머니의 이상한 태도에 겁이 난다. 어머니의 눈을 보려고 하지만 어머니는 시선을 피한다. 제이미는 어머니를 돌아봤다가 다시 재빨리 창밖으로 시선을 돌린다.)

제이미 (멍하니) 아, 진짜 배고픈데. 노친네, 이젠 좀 들어오시지. 일부러 저렇게 늑장을 부리다가 나중에 꼭 맛없다고 불평이라니까.

메리 (속으론 무관심하면서 겉으로만 기계적으로 화내며) 그래, 정말 괴로운 일이지, 제이미. 얼마나 괴로운지 넌 모를 거야. 오래 있을 자리가 아니라고 멋대로 구는 하인들을 데리고 이 별장 살림을 꾸려가는 건 네가 아니라 나잖아. 이런 여름 별장이 아니라 진짜 집이어야 좋은 하인들을 두고 살 수 있어. 너희 아버진 그나마 별장에 두는 하인도 돈이 아까워서 최고는 못 쓰는 분이잖아. 그러니 해마다 멍청하고 게으른 풋내기들을 데리고 씨름할 수밖에. 너한테 백 번도 넘게 한 말이지. 너희 아버지한테도 마찬가지로 얘기했지만 한 귀로 듣고 한 귀로 흘려버리는 모양이야. 너희 아버진 집에 들이는 돈은 낭비라고 여기니까. 호텔 생활을 너무 많

이 해서 그래. 일류 호텔도 아니고 맨날 그놈의 싸구
려 호텔. 그래서 집이 어떤 건지를 몰라. 집에서도 집
같은 기분을 못 느끼는 것이 당연하지. 그러면서도 집
을 갖고 싶어 해. 이 누추한 집도 자랑스러워하니까.
너희 아버진 여길 좋아해, 암, 그렇고 말고. (소리 내어
웃는다. 절망적이면서도 즐거워하는 웃음이다.) 그 생각만 하
면 정말 우습다니까. 참 특이한 사람이야.

에드먼드 (다시 불안하게 어머니의 눈을 보려고 하면서) 어머니, 왜 그
렇게 말씀이 많으세요?

메리 (재빨리 평소의 모습으로 돌아와서, 아들의 뺨을 토닥이며) 아
니, 별일 아니다. 내가 바보처럼 굴었구나. (그때 캐슬린
이 뒤쪽 응접실에서 들어온다.)

캐슬린 (입심 좋게) 마님, 점심 준비 다됐어요. 지시하신 대로 주
인님께 직접 가서 말씀드렸답니다. 금방 오겠다고 하
시고선 계속 저러고 계시네요. 옛날 얘기 하시느라⋯.

메리 (무관심하게) 알았어, 캐슬린. 브리지트한테 가서 미안
하지만 주인님 들어오실 때까지 조금만 더 기다려야
겠다고 전해. (캐슬린, "예, 마님" 하고 응얼거리고 뒤쪽 응접실
로 사라지며 혼자 구시렁거린다.)

제이미 젠장! 우리 먼저 먹으면 안 돼요? 아버지가 그러라고
했잖아요.

메리 (재미있어하는 냉담한 미소를 머금고) 그건 진심이 아냐. 넌 진짜 아직도 아버지를 모르니? 그러면 무척 기분이 상하실 거야.

에드먼드 (자리를 피할 구실이 생기자 벌떡 일어나며) 제가 가서 모시고 올게요. (옆쪽 베란다로 나간다. 잠시 후 현관에서 화가 나서 외치는 소리가 들린다.) 아버지이! 빨리요! 종일 기다리게 하실 거예요! (메리는 의자 팔걸이에서 일어나 있다. 그녀의 두 손이 탁자 위에서 초조하게 움직인다. 그녀는 제이미를 보지 않고도 그가 심판하는 듯한 냉소적인 눈길로 자신의 얼굴과 손을 흘낏 보는 걸 느낀다.)

메리 (긴장해서) 왜 그렇게 보니?

제이미 아시잖아요. (다시 창으로 눈을 돌린다.)

메리 모르는데.

제이미 아니, 지금 절 속일 수 있다고 생각하시는 거예요? 전 장님이 아닌데요.

메리 (고집스럽게 철저히 부인하는 표정으로 아들을 똑바로 쳐다본다.) 무슨 얘기를 하는 건지 모르겠구나.

제이미 몰라요? 그럼 거울로 가서 눈을 좀 보셔요!

에드먼드 (현관에서 안으로 들어오며) 아버지는 금방 들어오실 거예요. (두 사람을 차례로 살핀다. 메리는 그의 시선을 피한다. 에드먼드, 불안하게) 무슨 일이에요? 왜 그러세요, 어머니?

메리 (아들이 갑자기 들어와서 냉정을 잃고 죄책감과 초조한 흥분에 휘말려) 네 형은 자신을 부끄럽게 여겨야 해. 나는 알지도 못하는 일을 갖고 자꾸 이상한 소리를 하는구나.

에드먼드 (제이미를 향해) 염병할! (형을 향해 위협적으로 한 걸음 다가간다. 제이미는 어깨를 으쓱한 뒤 등을 돌려 창밖을 내다본다.)

메리 (더욱 당황해서 에드먼드의 팔을 움켜잡고는 꽤 격하게) 당장 그만두라니까, 내 말 안 들리니? 내 앞에서 그런 상스러운 말을 내뱉다니! (그러다 갑자기 방금처럼 묘하게 초연한 목소리와 태도로 돌변한다.) 그래, 네 형 탓할 것도 없구나. 지난날들이 네 형을 그렇게 만들어놓았으니까. 네 아버지도 마찬가지 아니겠니. 너도 그렇고, 나도 마찬가지겠지.

에드먼드 (겁에 질려, 1도 없는 희망에 필사적으로 매달리며) 형은 거짓말쟁이예요! 다 거짓말이라고요, 그렇죠, 어머니?

메리 (시선을 외면한 채) 뭐가 거짓말이라는 건지 도무지 모르겠구나. 너도 형처럼 수수께끼 같은 말만 늘어놓는구나. (비탄에 빠진 에드먼드의 비난하는 듯한 눈길을 마주하고는 더듬거린다.) 에드먼드! 그만, 이젠! (시선을 돌린다. 언제 그랬냐는 듯 초연하게, 그리고 침착하게) 아버지가 드디어 오시는구나. 브리지트에게 알려야지. (뒤쪽 응접실로 사라진다. 에드먼드는 천천히 앉았던 의자로 돌아간다. 병색이 짙고 절망적인 모습이다.)

제이미 (창가에서 돌아보지도 않고) 어떠니?

에드먼드 (아직은 형에게 아무것도 인정하고 싶지 않아서 약한 반항조로)
어떻긴, 뭐가 어때? 형은 진짜로 거짓말쟁이야. (제이미
는 다시 어깨를 으쓱한다. 현관의 방충문이 닫히는 소리가 들린
다.) 아버지가 오시네. 술 때문에 화내시지 말아야 할
텐데. (티론, 앞쪽 응접실로 들어온다. 상의는 입고 있다.)

티론 늦어서 미안하구나. 터너 선장 말이야, 발동이 걸리면
놔주질 않는다니까.

제이미 (돌아보지도 않고 냉담하게) '듣기 시작하면'이겠죠. (티론,
혐오스럽다는 듯 아들을 팬시리 노려본다. 탁자로 가면서 재빨리
눈으로 위스키의 양을 확인한다. 제이미는 돌아보지 않고도 그것
을 느낀다.) 걱정 마세요. 술은 그대로랍니다.

티론 쳐다보지도 않았는데. (신랄하게 덧붙인다.) 그리고 겉으
로만 봐서 알 게 뭐냐. 네 속임수는 뻔히 다 아는데.

에드먼드 (멍하니) 지금 모두 같이 한잔하자고 하신 건가요?

티론 (에드먼드를 향해 얼굴을 찡그리며) 제이미야, 오전에 일도
많이 했으니까 마셔도 좋지만 넌 안 된단다. 하디 선
생이 말이다….

에드먼드 하디 선생 얘긴 그만하세요! 한잔한다고 죽지는 않아
요. 아버지, 지치고 기운이 없으니 한잔해야 하지 않

을까요.

티론 (걱정스럽게 에드먼드를 본다. 쾌활한 태도로) 그래, 그럼, 한 잔하렴. 식사 전인데다가, 내 경험으로는 식욕이 나도록 고급 위스키를 적당히 마셔주면 강장제로 최고긴 하지. (에드먼드는 일어나서 아버지가 건네는 술병을 받는다. 한 잔 가득 따르자 티론은 경고하듯 얼굴을 찡그린다.) 내가 분명 '적당히'라고 했을 텐데. (자신의 잔에 따른 뒤 제이미에게 술병을 건네며 투덜거린다.) 너한테는 적당히 어쩌고 해봤자 내 입만 아플 테니 알아서 하거라. (제이미는 아버지의 의미를 그냥 무시한 채 한 잔 가득 따른다. 티론은 얼굴을 찡그린다. 그러다 단념하고 다시 쾌활한 태도로 돌아가 잔을 든다.) 자, 건강과 행복을 위하여! (에드먼드, 씁쓸하게 웃는다.)

에드먼드 농담도 잘하신다니까!

티론 뭐가?

에드먼드 아니에요, 건배. (모두 기분 좋게 마신다.)

티론 (심상치 않은 분위기를 느끼고) 무슨 일이야? 왜 이렇게 분위기가 우울한 거야. (제이미를 돌아보며 화를 낸다.) 마시고 싶어 하던 술도 마셨잖아, 응? 그런데 왜 그렇게 우울한 얼굴이냐?

제이미 (어깨를 으쓱하며) 아버지도 곧 그렇게 되실 거예요.

에드먼드 입 좀 닫아, 형.

티론 (불안해져서 화제를 돌린다.) 점심 준비가 된 줄 알았는데. 몹시 시장하구나. 너희 어머닌 어디 있는 거냐?

메리 (뒤쪽 응접실을 통해 돌아오며) 여기 있어요. (들어선다. 흥분 상태면서도 주변 시선을 몹시 의식한다. 말하면서 사방을 두리번거리지만, 식구들과 눈이 마주치는 것만은 피하려 한다.) 브지리트 좀 달래느라고요. 당신이 또 늦는다고 화가 났단 말이죠. 그럴 만도 하지. 음식이 오븐 속에서 말라비틀어져도 다 당신 탓이니까 먹든 말든 자기는 알 바가 아니라나 뭐라나. (점점 흥분하며) 이런 걸 가정이라고 이러고 사는 것도 이젠 지긋지긋해요! 당신은 항상 제 멋대로잖아요! 배려라곤 아예 없죠! 가정에서 어떻게 행동해야 하는지도 모르는 사람이에요! 분명 가정을 원하지도 않아! 당신은 가정을 원한 적이 없어요. 결혼한 그날부터, 분명해요! 당신은 독신으로 싸구려 호텔에서 구질구질하게 살면서 술집이나 친구들하고나 어울렸어야 했어요! (이제는 티론에게가 아니라 혼잣말하듯 중얼거린다.) 그럼 아무 일도 일어나지 않았을 텐데. (모두 그녀를 바라본다. 티론도 이제 눈치챘다. 그러나 갑자기 지치고 비통한 노인의 모습이 되는 티론. 에드먼드는 아버지를 흘깃 보고는 아버지가 눈치 챈 걸 깨닫지만 그래도 어머니에게 경고를 보내지 않을 수 없다.)

에드먼드   어머니! 그만요, 이젠 그만요. 점심 먹으러 가죠.

메리   (움찔한다. 즉시 부자연스러운 초연한 표정으로 돌아간다. 혼자 무엇이 즐거운지 미소까지 짓는데) 그래, 네 아버지와 형이 배고플 걸 알면서도 지나간 얘기나 들추고 있다니 나도 참 생각이 어지간히 짧았구나. (에드먼드의 어깨를 안고, 근심을 살짝 담고 있으면서 동시에 냉담하게) 네가 입맛이 좀 났으면 좋겠구나. 더 먹어야 할 텐데. (에드먼드의 옆에 놓인 술잔에 시선을 보내며 날카롭게) 왜 술잔이 여기 있지? 너 혹시 술 마신 거니? 이런 어리석은 것 같으니라고! 너한테는 술이 독이라는 걸 몰라? (티론 쪽으로 돌아보며) 제임스, 당신 잘못이에요. 어떻게 쟤한테 술을 먹여요? 쟤를 죽이려는 거예요? 내 아버지 생각 나죠? 내 아버진 병이 들었는데도 술을 끊지 않았어요. 의사들은 다 멍청이라고 소리치면서도! 아버지도 당신처럼 위스키를 강장제로 여기셨으니까. (두 눈에 공포가 이글거리며 말을 더듬는다.) 나도 참, 비교할 걸 해야지. 내가 왜 이러는지. 제임스, 잔소리, 미안해요. 술 한잔한다고 에드먼드에게 해가 되진 않을 거예요. 오히려 입맛을 돌게 하면 다행이지요. (다시 묘하게 초연한 태도로 돌아가 에드먼드의 뺨을 장난스럽게 톡톡 친다. 에드먼드는 홱 고개를 돌린다. 메리는 그걸 알아채지 못한 듯하지만, 본능적으로 물러선다.)

제이미	(긴장을 감추려고 거칠게) 제발 밥 좀 먹어요. 오전 내내 울타리 밑에 쭈그리고 앉아 일만 했단 말이에요. 충분히 밥값은 했다고요, 제발요. (어머니를 보지 않고 아버지의 뒤를 돌아 에드먼드에게 다가가서 동생의 어깨를 잡으며) 가자, 꼬맹아. 이젠 좀 먹자꾸나. (에드먼드, 어머니를 외면한 채 벌떡 일어선다. 아들들은 어머니를 지나쳐 뒤쪽 응접실로 향한다.)

티론	(멍하니) 그래, 어머니 모시고 먼저 가거라. 금방 갈 테니까. (그러나 아들들은 어머니를 기다려주지 않고 그냥 가버린다. 메리는 주체할 수 없는 고통 속에서 아들들의 뒷모습을 바라보다가 그들이 뒤쪽 응접실로 들어서자 따라간다. 티론이 책망하는 슬픈 눈길로 그녀를 바라본다. 남편의 시선을 느낀 메리가 날카롭게 돌아보지만, 남편의 눈을 똑바로 보지 못한다.)

메리	왜 그렇게 보는 거예요? (떨리는 손을 올려 머리를 매만진다.) 머리가 내려왔어요? 어젯밤에 잠을 못 자서 도무지 기운을 차릴 수가 있어야죠. 그래서 좀 누워야겠다고 생각했죠. 그러다 깜빡 잠이 들었는데 한잠 달게 잤어요. 하지만 일어나서 분명 다시 머리를 만졌는데. (억지로 웃으며) 하기야 이번에도 안경을 못 찾았지만요. (날카롭게) 제발 그만 좀 봐요! 누가 보면 당신이 나를 비난하는 줄 알겠…. (애원하듯) 제임스! 당신은 몰라요!

티론 (힘없이 화를 내며) 당신을 믿은 내가 바보였다는 거 알아! (메리에게서 멀어져 술을 한 잔 가득 따른다.)

메리 (다시 고집스럽고 반항적인 표정이 되어) '나를 믿었다'니, 그게 무슨 뜻인지 모르겠군요. 난 불신과 감시와 의심 속에서 살았는데. (그러곤 비난하듯) 왜 한 잔 더 마시는 거죠? 점심 전에는 한 잔 이상 안 마셨잖아요. (매섭게) 어떻게 될지 알겠어요. 당신은 오늘 밤 취할 거죠? 하기야 이번이 처음도 아니지, 한 천 번째쯤 될걸? (다시 애원의 목소리로 절규하며) 제임스, 제발요! 당신은 모른다고요! 에드먼드 때문에 걱정돼 죽겠단 말이에요! 혹시 걔가….

티론 더 이상 변명 따위는 듣고 싶지 않소, 메리.

메리 (고통스럽게) 변명이라니요? 그러니까 당신은…? 당신, 혹시라도 어떻게 날 그렇게 생각할 수 있는 거죠! 제임스, 그러면 안 돼요! (슬그머니 초연한 태도로 되돌아가서, 아무렇지도 않게) 점심이나 먹으러 가지 않겠어요, 여보? 난 아무것도 먹고 싶지 않지만 당신은 시장하실 거 같아서요. (티론은 아내가 서 있는 문간으로 천천히 걸어간다. 걸음걸이가 마치 노인 같기만 하다. 그가 가까이 오자 메리는 애처롭게 절규한다.) 제임스! 나도 죽도록 애썼다고요! 이리

저리 노력했다고요! 제발 믿어…!

티론 (자신도 모르게 마음이 움직여, 무력하게) 그랬을 거요, 메리.
(곧바로 비탄에 잠겨) 그런데 왜 계속 견딜 힘이 없었던
거요?

메리 (다시 완강하게 부인하는 얼굴로) 무슨 소린지 모르겠군요.
뭘 견딜 힘이 없어요?

티론 (절망적으로) 그만둡시다. 이제 와서 다 무슨 소용이겠소.
(걸음을 옮긴다. 메리도 그와 나란히 뒤쪽 응접실로 사라진다.)

막

2장

같은 장소, 반 시간쯤 뒤. 탁자 위에 있던 술 쟁반이 치워지고 없다. 막이 오르면 가족들이 점심 식사를 마치고 돌아온다. 메리가 맨먼저 뒤쪽 응접실에서 모습을 드러낸다. 남편이 그 뒤를 따라 나온다. 그는 방금 전 1막에서 아침을 먹고 등장할 때와 비슷한 상황인데도 아내와 함께 나오지 않는다. 아내를 만지려고도, 보려고도 하지 않는다. 비난하는 표정의 얼굴에는 이제 지치고 무력한, 해묵은 체념의 모습까지 어려 있다. 제이미와 에드먼드가 아버지의 뒤를 따라 나온다. 제이미의 얼굴은 방어적인 냉소주의로 딱딱하게 굳어 있다. 에드먼드도 형의 이러한 모습을 흉내 내려 하지만 잘되지는 않는다. 병들었을뿐더러 마음까지 아프다는 걸 그대로 드러내고 있는 것이다.

메리는 점심 식사 내내 가족과 함께 앉아 있던 것이 견디기 힘들었다는 듯 끔찍하게 신경질적인 모습이다. 그러면서도 표정은 자신의 히스테리와 신경을 갉아먹는 걱정거리들에서 한 걸음 물러서 있다는 듯 묘한 차가움이 더욱 뚜렷해져 있다.

그녀는 들어오면서 말한다. 가족과의 대화라는 일과를 수행하면서 입에서는 무심결에 말이 줄줄 쏟아진다. 가족이나 자신이나 그 말을 듣지 않고 다른 생각을 하고 있다는 사실을 알면서도 개의치 않는다. 그녀는 말하면서 탁자 왼쪽으로 가서는 정면을 보고 선다. 한 손은 옷의 가슴께를 더듬고 다른 손은 탁자 위에서 움직인다. 티론은 시가를 피워 물고 방충문으로 가서 밖을 내다본다. 제이미는 뒤쪽 책장 위에 놓인 항아리에서 칼로 썬 듯한 살담배를 꺼내 파이프에 채운다. 오른쪽 창가로 가면서 파이프에 불을 붙인다. 에드먼드는 어머니를 보지 않아도 되도록 그녀로부터 몸을 반쯤 돌리고 의자에 앉는다.

메리 브리지트는 야단쳐도 소용없어. 도무지 듣지 않으니까. 이젠 겁도 못 줘. 오히려 그만두겠다고 겁을 주거든. 물론 열심히 할 때도 가끔은 있으니까. 제임스, 당신은 그런 때마다 늦으니 정말 안됐지 뭐예요. 뭐, 한 가지 위안이라면 최선을 다한 거나 아무렇게 만든 거나 브리지트의 음식은 별 차이가 없다는 거지만요. (남의 일처럼 재미있어하며 배시시 웃는다. 무관심하게) 신경 쓸 거 없어요. 다행인 건 여름이 곧 끝난다는 거지요. 다시 시즌이 시작되면 우린 싸구려 호텔과 기차로 돌아갈 수 있으니까요. 그런 생활도 싫지만 그래도 거기선 가정다운 걸 기대하는 마음은 없으니까. 살림을 걱정할 필요도 없고, 브리지트나 캐슬린에게 여기가 가정집인 것처럼 행동하기를 기대한다는 건 무리죠. 우리와 마찬가지로 하녀들도 다 아니까. 여긴 과거에도, 앞으로도 가정집이 될 수 없어요.

티론 (돌아보지도 않고 신랄하게) 이젠 다 틀렸지. 하지만 전에, 아니다. 당신이….

메리 (철저히 부인하는 표정으로) 내가 뭐요? (죽음과 비교할 만한 침묵이 흐른다. 메리는 초연한 태도로 되돌아가 말을 잇는다.) 아니, 아네요. 무슨 소리를 하려는 건지는 몰라도 정말 그렇지 않아요, 여보. 여긴 가정집이었던 적이 없어요. 당신은 늘 클럽이나 술집을 더 좋아했으니까요. 그리고 내게도 여긴 하룻밤 묵는 지저분한 호텔 방처럼 늘 쓸쓸했을 뿐이에요. 진짜 집에서는 쓸쓸할 수가 없죠. 저는 가정이 어떤 것인지 경험을 통해 알고 있어요. 당신과 결혼하기 위해 전 가정을 포기했잖아요. 우리 아버지의 집. (그러다 연상되는 무언가가 있어 에드먼드에게 고개 돌린다. 다정하게 염려해 주는 태도지만 그 속에는 묘한 초연함이 들어 있다.) 에드먼드, 네가 걱정이로구나. 점심 식사 시간에도 음식에 거의 손을 안 댔잖아. 그러면 건강해질 수나 있겠니. 나야 입맛이 없어도 괜찮지만. 너무 살이 쪘으니까. 하지만 넌 먹어야 해. (어머니

답게 구슬리며) 그러겠다고 약속해 주겠니, 이 엄마를 위해서.

에드먼드 (기운 없이) 예, 어머니.

메리 (피하지 않으려고 애쓰는 아들의 뺨을 툭툭 치며) 그래야 착하지, 물론이지. (다시 죽음이 피어오르는 듯한 침묵. 그러다 현관의 전화벨이 울리자 모두 움찔 놀라 얼어버린다.)

티론 (황급히) 내가 받지. 맥과이어가 전화한다고 했거든. (앞쪽 응접실을 통해 나간다.)

메리 (냉담하게) 맥과이어. 너희 아버지 말고는 살 사람이 없는 땅이 또 나왔나 보지. 이제 상관없는 일이지만, 항상 너희 아버진 나한테 집다운 집을 마련해 줄 돈은 없어도 땅 살 돈은 있는 모양이야. (현관에서 티론의 목소리가 들려오자 말을 끊고 귀 기울인다.)

티론 여보세요. (억지로 쾌활한 목소리로) 아, 안녕하십니까, 선생님? (제이미, 창문에서 돌아선다. 메리의 손이 탁자 위에서 더 빠르게 움직인다. 티론의 목소리는 아무렇지도 않은 척 애쓰지만 나쁜 소식을 들었음을 감추지 못한다.) 네, 알겠습니다…. (황급히) 그럼 잠시 후 오후에 본인을 만나면 다 설명해 주세요. 예, 틀림없이 갈 겁니다. 네 시에, 그 전에 제가 잠깐 들르겠습니다. 그러잖아도 일 때문에 나가야 하니까요. 안녕히 계십시오, 선생님.

에드먼드 (기운 없이) 희소식은 아닌 모양이군. (제이미는 동생에게 연민의 눈길을 건네고는 다시 창밖을 내다본다. 메리는 공포에 질린 얼굴이 되면서 미친 듯이 손을 떤다. 이내 티론이 들어온다. 에드먼드에게 아무 일 없었던 듯 말을 걸지만 긴장감이 역력하다.)

티론 하디 선생이란다. 이따 네 시에 꼭 오라는구나.

에드먼드 (기운 없이) 뭐래요? 이제 관심도 없지만. (흥분해서 큰소리로) 성경책을 무더기로 쌓아놓고 맹세한대도 그 사람 말 안 믿어요.

메리 에드먼드, 그 사람 하는 말 귀담아들을 거 하나도 없다.

티론 (날카롭게) 메리, 그만!

메리 (더욱 흥분해서) 당신이 왜 그 사람을 좋아하는지 우리도 다 알아요, 제임스! 분명 싸구려잖아요! 두둔하지 말아요! 나도 하디 선생에 대해 다 안다고요. 그렇게 겪고도 모른다면 말이 안 되니까. 그는 정말이지 무식한 멍청이라고요! 그런 사람은 의사 노릇 못 하게 법으로 막아야 해요. 아무것도 모르면서…. 사람이 고통스러워서 반은 미쳐 있는데 태연히 앉아서 손이나 잡고 의지력에 관한 설교나 늘어놓다니! (과거의 기억이 떠오르자 고통에 얼굴이 격렬하게 일그러진다. 그 순간, 완전히 조심성을 잃는다. 증오에 가득 차서) 그 인간은 의도적으로 굴욕감을 느끼게 만들어요! 자기한테 매달려 애원하게 한다고요! 사람을 무슨 죄인 취급하죠! 아무것도 모르면서 말이에요! 처음에 그 약을 줬던—그 약이 무슨 약인지 알았을 땐 이미 때가 늦은 다음이었어요—아무튼 그때 그 싸구려 돌팔이와 뭐가 다르겠어요. 똑같지! (열띤 목소리로) 의사라면 아주 지긋지긋해! 그 인간들은 환자를 끌기 위해서라면 무슨 짓이든, 거리낌 없이 하잖아요. 자기 영혼이라도 팔아먹을 기세라니까! 더 끔찍한 건, 우리 영혼까지도 팔아먹으려 한다는 거야. 우린 지옥에 떨어진 자신을 발견하고서야 그런 사실을 깨닫지!

에드먼드 어머니! 제발 그만 좀 하세요.

티론 (동요하며) 그래요, 메리. 지금 그런 말을 할 때가 아닌….

메리 (갑자기 죄책감이 들고 당황해서 어쩔 줄 모르며 더듬거리는데) 나, 난… 미안해요, 여보. 당신 말이 맞네요. 이제 와서 화를 내봐야 무슨 소용이 있겠어요. (다시 잠시 죽음 같은 침묵이 내려앉는다. 이윽고 메리가 환하고 평온한 얼굴이 되어 다시 입을 연다. 그녀의 목소리와 태도에 섬뜩한 초연함이 들어 있다.) 괜찮다면 난 잠깐 이층에 좀 올라갔다 와야겠어요. 머리를 만져야 해서요. (미소 지으며 덧붙인다.) 안경을 찾아야 할 텐데 말이죠. 금방 내려올게요.

티론 (아내가 문간으로 가자, 애원과 비난을 담아) 메리!

메리 (차분히 뒤돌아보며) 왜요, 여보? 무슨 일이에요?

티론 (절망적으로) 아니오.

메리 (조롱 섞인 미소를 지으며) 그렇게 못 미더우면 따라 올라 와요, 괜찮으니까.

티론 그래 봤자 무슨 소용이야! 나중에 할 텐데. 그리고 난 간수가 아니야. 여기가 감옥도 아니니까.

메리 아무렴요. 당신이야 여길 집이라고 생각하지 않을 수 없겠죠. (초연하게 뉘우치며 재빨리 덧붙이는데) 미안해요, 여보. 모진 말을 할 생각은 없었는데. 당신 잘못은 아니니까. (돌아서서 뒤쪽 응접실로 사라진다. 남은 세 사람은 침묵한다. 마치 메리가 이층에 올라가기를 기다린 듯하다.)

제이미 (냉소적으로 잔인하게) 팔에 주사 한 방 또 맞겠군!

에드먼드 (화난 목소리로) 그런 말 좀 하지 마.

티론 그래! 타락한 브로드웨이 건달들이나 쓰는 잡소리는 이제 그만하자꾸나! 넌 인정도 예의도 없는 것이니? (울화통이 터져서) 너 같은 건 내쫓아서 시궁창에 처박아야 해! 하지만 그렇게 하면 울고불고 애원하고 변명하는 널 다시 데려오게 할 사람이 누군지 잘 알겠지.

제이미 (발작적인 고통이 스치는 얼굴로) 제가 그걸 모를까 봐서요? 인정이 없다니요? 저도 어머니 생각하면 가슴이 찢어진답니다. 어머니가 얼마나 힘든 싸움을 하고 있는지 잘 알아요. 아버지 이상으로요! 제가 그런 말을 한 건 냉정해서가 아니란 말이에요. 우리 모두가 알고 있는 사실, 이제부터 다시 우리가 견뎌야만 할 일을 있는 그대로 말한 것뿐이라고요. (비통하게) 치료 효과는 잠깐이었답니다. 사실 치료도 안 되는 건데 우린 바보같이 희망이나…. (냉소적으로) 이제 다 틀렸어요!

에드먼드 (형의 냉소주의를 조소적으로 비틀어) 그래, 맞아. 이젠 다 글렀어! 확실하지! 다 조작된 게임이었으니까! 우린 모두 잘 속기나 하는 얼간이들이고 게임에서 이길 수 없어, 분명히! (경멸적으로) 어째서 형은 매사에 그런 식으로만…!

제이미 (잠시 가책을 느끼지만, 어깨를 으쓱하면서 냉담하게) 너도 마찬가진 거 같은데. 네 시(詩)도 그렇게 밝진 않은 거 너도 잘 알잖아. 네가 읽고 감탄하는 그 글들도. (뒤쪽의 작은 책장을 가리키며) 네가 애지중지하는, 이름이 이상해서 발음하기도 어려운 사람 글도 마찬가지일 테고.

에드먼드 니체야, 니체라니까. 모르면 제발 가만히라도 좀 있어. 형은 니체를 읽은 적도 없잖아.

제이미 다 헛소리라는 건 잘 알지.

티론 닥치거라 제발, 둘 다! 네가 브로드웨이 건달들한테 배운 철학이나 에드먼드가 책에서 얻은 철학이나 다 그게 그거야. 둘 다 완전히 썩어빠졌어. 너희 둘은 가톨릭 신앙 안에서 나고 자랐으면서도 유일하게 진실된 신앙이라 할 수 있는 교회를 모독했어. 그래서 결국 자기 파멸에 이르게 된 거야, 이건 분명한 사실이야! (두 아들이 아버지를 경멸이 서린 시선으로 본다. 그들은 다투던 걸 잊고 하나로 뭉쳐 아버지에 대항한다.)

에드먼드 그건 헛소리예요, 아버지!

제이미 그래도 우린 믿는 척은 안 하죠. (가혹하게) 솔직히 아버지도 바지 무릎에 구멍이 나도록 열심히 미사에 나가진 않잖아요.

티론 그래, 나도 계율을 잘 지키진 못했지. 하느님, 용서하십시오. 하지만 내겐 믿음이라는 것이 있어! (부아가 치밀어올라서) 그리고 네 말은 틀렸어! 난 교회에 안 나가도 평생 아침저녁으로 무릎 꿇고 기도를 올렸단 말이다!

에드먼드 (신랄하게) 어머니를 위해서 기도했나요?

티론 그래, 물론이지. 오랫동안 너희 어머니를 위해 끊임없이 기도해 왔어.

에드먼드 그렇다면 니체의 말이 옳군요. (《차라투스트라는 이렇게 말했다》에서 인용하여) "신은 죽었다. 인간에 대한 연민이신을 죽게 했다."

티론 (무시하고) 너희 어머니도 기도했더라면…. 너희 어머니는 신앙을 거부하진 않았지만 그냥 잊어버린 거지. 그래서 이제 자신에게 내린 저주와 맞서 싸울 영적인 힘조차 남아 있지 않은 거야. (힘없이 체념하며) 그런 말을 해봐야 무슨 소용이겠니? 우리 이전에도 이렇게 살았고 이제 앞으로도 그래야 해. 도무지 도리가 없단다. (비통하게) 이번엔 다를 거라는 희망이나 주지 말 것이지. 이제 다시는 희망 같은 건 품지 않을 테다!

에드먼드 그런 말씀 마세요. 아버지! (반항적으로) 전 희망을 가질 거예요! 어머닌 이제 막 시작하셨어요. 아직 깊이 빠지지 않았다고요. 그러니까 아직은 끊을 수 있어요. 제가 어머니와 얘기해보겠어요.

제이미 (어깨를 으쓱하며) 지금은 어머니와 대화가 불가능해. 네 얘기를 듣는 것처럼 보이겠지만 사실은 듣지 않을 테니까. 어머닌 몸은 여기 있어도 마음은 딴 데 가 있어. 어머니가 어떻게 되는지는 너도 알잖아.

티론 그래, 독일에 들어가면 항상 그렇게 되는 거야. 이제부터 매일 우리에게서 멀어져 밤이면 밤마다….

에드먼드 (비참하게) 그만두세요, 아버지! (의자에서 벌떡 일어난다.) 옷을 갈아입겠어요. (가면서 신랄하게) 어머니가 감시하러 왔다고 의심하지 않도록 요란하게 소리를 내야지. (앞쪽 응접실로 모습을 감춘 뒤 쿵쿵거리며 계단을 올라가는 소리가 들린다.)

제이미 (잠시 사이를 두고) 하디 선생이 꼬맹이에 대해서 뭐래요?

티론 (기운 없이) 네 짐작대로야. 폐병이래.

제이미 빌어먹을!

티론 다른 의심의 여지가 없다는구나.

제이미 그럼 요양원에 보내야죠.

티론 그래. 하디 선생이 말하기를 본인에게나 주위 사람들을 위해서나 빠를수록 좋다는구나. 시키는 대로만 하면 6개월에서 1년이면 나을 거라더군. (한숨을 쉬고는, 침울하고 화가 나서) 설마 내 자식이 그런…. 내 쪽 유전은 아니야, 분명해. 우리 가족은 전부 폐가 황소처럼 튼튼하니까.

제이미 누가 그런 얘기 듣고 싶대요! 하디 선생이 어느 요양원으로 보내래요?

티론 바로 그 문제 때문에 만나려고.

제이미 그럼 제발 좋은 대로 고르세요, 제대로 말이에요. 싸구려 말고!

티론 (양심에 찔려서) 하디 선생이 제일 좋다고 하는 데로 보낼 거다!

제이미 그럼 하디 선생한테 세금이니 저당이니 하면서 궁상이나 떨지 마세요.

티론 나는 돈을 물 쓰듯 할 수 있는 백만장자가 아냐! 하디 선생한테 왜 사실대로 말을 못 해?

제이미 그러면 하디 선생이 싸구려로 골라달라는 뜻으로 받아들일 테니까요. 나중에 아버지가 맥과이어를 만나 그 알랑대는 사기꾼에게 속아 또 땅을 산 걸 알게 되면 그게 순 엄살이었다는 걸 알게 될 테니까요!

티론 (노발대발한다.) 내 일에 상관하지 말라니까!

제이미 이건 에드먼드 일이에요. 전 아버지가 폐병은 못 고친다는 아일랜드 촌사람 생각을 못 버려서 더 이상 돈을 쓰는 건 낭비라고 여길까 봐 그게 걱정이에요.

티론 헛소리!

제이미 좋아요. 그게 헛소리라는 걸 증명해 보세요. 그래서 한 얘기니까.

티론 (아직도 화가 가라앉지 않아서) 나도 에드먼드가 낫기를 간절히 바라는 사람 중 하나가 아니겠느냐. 그리고 아일랜드 욕 좀 그만해! 얼굴에 아일랜드 지도가 그려져 있는 녀석이 제 조국을 비웃다니 무슨 그런 일이 다 있느냐!

제이미 그거야 씻어내면 그만이죠. (조국을 모욕하는 발언에 대해

아버지가 반응을 보이기 전에 어깨를 으쓱하며 냉담하게 덧붙인
다.) 전 할 말 다 했으니 이제부터는 아버지한테 달렸
어요. (느닷없이) 오후에 전 뭐 해야 하나요? 아버진 시
내에 나가신다면서요? 울타리 손질도 아버지 몫만 빼
면 제가 할 건 다했어요. 물론 제가 아버지 몫까지 손
질하는 건 원하지 않으시겠죠.

티론 그래. 엉망으로 만들어놓을 테니까. 넌 만사가 그 모
양잖냐.

제이미 그럼 에드먼드랑 시내에나 가야겠어요. 어머니 일에
다 나쁜 소식까지 들으면 충격이 클 테니.

티론 (아들과 투닥거리던 걸 잊고) 그래, 같이 가거라, 제이미.
걔 낙심하지 않게 해줘. (신랄하게 덧붙인다.) 그 핑계로
술이나 퍼마시지는 말란 말이다!

제이미 돈은 어쩌고요? 듣자 하니 아직 술은 공짜로 주는 게
아니라 돈을 내고 마시는 거라던데. (앞쪽 응접실 입구로
향하며) 가서 옷 좀 입을게요. (어머니가 다가오자 문간에 서
서 기다렸다가 옆으로 비켜선다. 메리는 아까보다 눈빛이 더 반
짝거리고 더욱 초연해진 태도다. 극이 진행되면서 이런 변화는
더더욱 두드러진다.)

메리 (멍청하게) 내 안경 어디서 못 봤니? 응, 제이미? (그러면
서 아들을 보지는 않는다. 제이미는 못 들은 척 외면한다. 메리는

대답을 기대하는 것은 아니다. 곧 앞으로 나서며 남편에게 말을 걸지만 그를 보지는 않는다.) 당신은 못 봤나요, 제임스? (제이미, 그녀 뒤에서 앞쪽 응접실로 사라진다.)

티론 (현관문을 돌아보며) 아니.

메리 제이미 쟤 왜 저러는 거래요? 또 잔소리하셨죠? 그렇게 밤낮 야단만 치지는 마세요. 걔가 잘못한 건 없어요. 정상적인 가정에서 자랐더라면 저렇게 되진 않았을 텐데. (오른쪽 창문으로 가면서, 약간은 명랑하게) 당신이 날씨 맞추는 실력은 신통치 않네요. 보세요. 안개가 얼마나 자욱해지는지. 저쪽 해안이 잘 보이지도 않는 걸요.

티론 (자연스럽게 말하려 애쓰며) 그래, 내 판단이 성급했다는 건 알아. 아무래도 오늘 밤에도 안개가 자욱하겠는 걸.

메리 그래도 난 오늘 밤에 상관없어요.

티론 그렇겠지.

메리 (남편을 흘깃 쳐다본다. 잠시 멈추고는) 제이미가 울타리로 내려가는 모습이 왜 안 보이는 거지요? 어디 갔어요?

티론 에드먼드랑 병원에 같이 간다는군. 이층에 옷 갈아입으러 갔소. (그러곤 핑계를 대고서 자리를 피하려 한다.) 나도 그래야겠군. 클럽 약속에 늦기 전에. (앞쪽 응접실을 향해 움직인다. 그러나 메리가 충동적으로 잽싸게 손을 뻗어 그의 팔을 잡는다.)

메리 (애원하는 목소리로) 벌써 가지는 마세요, 여보. 혼자 있고 싶지 않단 말이에요. (황급히) 그러니까 내 말은, 당신 아직 시간 많잖아요. 애들보다 열 배나 빨리 옷 갈아입을 수 있다고 항상 큰소리 뻥뻥이었잖아요. (멍하니) 당신한테 하고 싶은 말이 있었는데, 뭐였더라? 아, 기억이 안 나네. 제이미가 시내에 간다니 잘됐네요. 걔한테 따로 돈 준 건 아니죠?

티론 안 줬소.

메리 걘 돈만 생겼다 하면 술이고, 술만 취하면 말을 함부로 하니까요. 나야 오늘 밤에 걔가 무슨 소리를 해도 상관하지 않겠지만 당신은 항상 노발대발이잖아요. 특히 당신이 취하면 더 그런데 오늘 밤에 술 마실 거잖아요.

티론 (화가 나 목소리로) 아니야. 난 절대 안 취할 거야.

메리 (냉담하게 놀리며) 그야 안 취한 척하는 거죠. 항상 그래 왔으니. 다른 사람은 속여도 날 속일 수 있을 거라 생각한 거예요? 결혼 생활이 벌써 35년인데….

티론 난 단 한 번도 공연을 빼먹은 적이 없소. 그게 증거지! (그러곤 매섭게) 혹시 취했다고 해도 당신은 나를 나무랄 입장이 못 되지. 나야 취할 이유가 있는 사람이니까.

메리 이유? 무슨 이유요? 당신, 클럽에만 가면 술고래가 되잖아요, 안 그래요? 특히나 맥과이어만 만나면 언제나 확실하잖아요. 그 사람이 그렇게 만들잖아요. 여보, 당신을 비난하는 게 아니니 좋으실 대로 해요. 뭐 난 상관없으니.

티론 알고 있소. (빨리 이 상황을 피하고 싶어 앞쪽 응접실을 향해 돌아선다.) 가서 옷이나 갈아입어야겠군.

메리 (다시 남편의 팔을 잡으며 애원조로) 여보, 조금만 더 기다려요. 애들 중 누구라도 내려올 때까지만이라도요. 모두들 나만 두고 나가버리는군.

티론 (쓰라린 슬픔을 안고) 당신이 우리를 떠나는 거지.

메리 내가요? 그런 바보 같은 말이 어디 있어요. 제임스, 내가 어떻게 떠나요? 갈 데도 없는 내가 감히. 내가 누굴 만나겠어요? 여기서는 친구도 없는데.

티론 그거야 당신 탓이지…. (말을 끊고 어쩔 수 없다는 듯 한숨짓는다. 달래듯이) 오늘 오후에 당신이 했으면 좋았을 일이 한 가지 있었는데. 바로 차로 드라이브를 하는 거였지. 집에만 처박혀 있지 말고 나가서 햇볕도 좀 쬐고 신선한 공기도 마시고 그러면서 다니구려. (감정이 상해서) 차는 당신이 산 거잖아요, 당신 거라면서. 나는 저 빌어먹을 물건을 싫어한다는 거 당신도 잘 알면서 어떻게 그런 말을…. 나는 두 발로 걷거나 전차를 타는 게 낫다니까. (점점 부아가 치밀어서) 당신이 요양원에서 나오면 타라고 사긴 했는데. 난 당신이 차를 타면서 즐거워하고 기분 전환도 하기를 바랐던 거야. 그런데 전에는 매일 타더니 요즘은 통 타지를 않더군. 없는 형편에 거금을 주고 산 차인데도 말이지. 그리고 당신이 타든 안 타든 기사는 먹여주고 재워주고 비싼 봉급까지 꼬박꼬박 챙겨줘야 한다고. (통렬하게) 어휴, 헛돈 쓴 거지 뭐! 이렇게 낭비하다가 늙어서 양로원에나 들어가기 십상이지! 저 차가 당신한테 무슨 소용이 있겠어? 차라리 창밖으로 돈을 던져버리는 게 낫지 않았을까.

메리 (초연한 차분함을 보이며) 그래요, 헛돈 쓴 거예요, 맞아요, 제임스. 저 중고차는 사지 말았어야 했어요. 당신은 항상 그랬듯이 또 속아서 산 거잖아요. 뭘 사든지 싸구려 고물만 찾는 당신을 내가 모를 줄 알고.

티론 그래도 나름 고급 차야! 다들 새 차보다 분명히 낫다고 했단 말이야!

메리 (못 들은 척) 돈 낭비하려고 스마이드를 뽑은 거나 다름없잖아요. 스마이드는 정비소 조수 노릇이나 했지 기사 일은 해본 적도 없는 사람이에요. 진짜 기사보다 봉급이야 낮지만 자동차 수리를 맡길 때마다 정비소에서 뇌물을 받아서 그 이상으로 챙겨가고 있어요, 누가 봐도. 차가 툭하면 고장이잖아요. 스마이드가 수작을 부리는 걸 거라고요, 분명해.

티론 믿을 수 없어! 스마이드는 제복 입는 백만장자의 기사는 아닐지 몰라도 정직한 사람이오! 그렇게 따진다면 당신도 제이미보다 나을 게 없어. 아무나 의심이나 하고 말이지!

메리 기분 나쁘게 받아들이지 마세요. 당신이 저 차를 사줬을 때 나도 기분 나쁘게 받아들이지 않았으니까. 창피나 주려고 산 게 아니란 걸 알아요. 당신이 원래 그런 사람이란 것도 알았으니. 그래서 고맙고도 감동이었지요. 차를 산다는 게 쉬운 일이 아니라는 걸 알았기 때문에 나를 얼마나 사랑하는지 깨닫게 된 거였어요. 더구나 저 차가 나한테 도움이 될 거라는 확신도 없었을 테니까.

티론 메리! (아내를 와락 껴안고, 울먹이듯이) 여보! 제발 부탁인데, 나를 위해서도, 아이들을 위해서도, 그리고 지금 여기 서 있는 당신 자신을 위해서도 이젠 제발 그만둘 수 없겠소?

메리 (잠시 죄책감에 허둥대며 더듬거린다) 난⋯ 제임스! 제발! (즉시 묘하게 고집스러운 방어적인 자세가 되어) 뭘, 그만둬요? 지금 무슨 소리를 하는 거예요? (티론, 절망해서 팔을 늘어뜨린다. 메리, 충동적으로 남편을 와락 껴안는다.) 제임스! 우린 서로 사랑해 왔어요! 이 사실만큼은 분명해요. 앞으로도 항상 그럴 거고! 우리만 생각해요. 우리가 이해할 수 없는 걸 이해하려고 애쓰지도 말고 어쩔 수 없는 일을 붙잡고 씨름하지도 말아요. 운명이 우리에게 시킨 일들은 변명할 수도, 설명할 수도 없는 거니까요.

티론 (못 들은 것처럼 신랄하게) 노력조차 안 할 작정이오?

메리 (절망적으로 팔을 떨구고 고개를 돌린다. 초연히) 오후에 드라이브나 하라는 말씀이죠? 그러죠, 뭐. 당신이 원한다면야. 그래 봤자 집에 있는 것보다 더 쓸쓸해질 뿐이지만 그렇게 해야지요. 함께 드라이브나 하자고 청할 사람이 있나, 갈 만한 데가 있나. 잠깐 들러서 얘기라도 나누며 놀 친구라도 있으면 좋으련만 그것도 없고. 여기선 친구라곤 사귄 적도 없으니. (점점 더 초연한 태도가 된다.) 수녀원 학교에 다닐 때는 친구들이 참 많았는데. 좋은 집에 사는 친구들, 그 친구들 집에 놀러도 가고 우리 집에 초대도 했었죠. 하지만 배우라는 작자와 결혼하고 나니까―당시엔 배우들에 대한 인식이 안 좋았잖아요. ―그 뒤로 많은 친구들이 등을 돌리더군요. 그리고 바로 당신의 정부였던 여자가 당신을 고소했다는 스캔들까지 났죠. 그러자 어떤 친구들은 나를 동정하고 어떤 친구들은 안면몰수를 하더군요. 차라리 떠나는 쪽이 동정하는 쪽보다 훨씬 덜 미웠죠.

티론 (죄책감에 화내며) 그것 참, 케케묵은 과거 얘기 좀 들춰내지 말라니까. 이제 겨우 점심땐데 벌써 그렇게 과거 속으로 멀리 가면 밤에는 어쩌려고 그러는 건지?

메리 (이제 반항적으로 노려보며) 그러고 보니 시내에 가긴 가야겠네요. 약국에 들러서 살 게 있거든요.

티론 (말투가 경멸에 차서) 아직 숨겨놓은 게 남아 있는데도 더 사러 가게 놔두라 이거지! 그럼 아예 넉넉히 사다 쟁여두지 그래. 지난번처럼 밤중에 갑자기 떨어져서 난리법석을 떨다가 반쯤 정신이 나간 사람처럼 잠옷 바람으로 뛰쳐나가 바다에 뛰어들려고 하지 말고!

메리 (못 들은 척하려 애쓰며) 가서 치약이랑 비누랑 콜드크림이랑…. (가련하게 울음을 터뜨리는데) 제임스! 그 얘긴 하지 말아요! 너무 창피하니까!

티론 (자신이 부끄러워져서) 미안하오. 용서하게나, 메리!

메리 (다시금 방어적인 초연함을 되찾고) 상관없어요, 이젠 괜찮으니까. 그런 일은 없었으니까, 분명히. 당신이 꿈을

꾼 거예요. (티론, 절망적으로 아내를 바라본다. 메리의 음성은 점점 더 현실에서 멀어지는 듯하다.) 나도 에드먼드를 낳기 전에는 아주 건강했죠. 당신도 기억할 거예요. 제임스, 신경과민이라곤 전혀 몰랐답니다. 시즌마다 순회공연을 떠나야 하는 당신을 따라 침대칸도 없는 기차를 타고 구질구질하기 그지없는 호텔에 머물면서 아무렇게나 먹고 호텔 방에서 아이들까지 낳았지만 그래도 건강했어요. 하지만 에드먼드를 낳고는 무너져버렸죠, 암요. 그 뒤로 너무 아팠고 싸구려 돌팔이 호텔 의사가…. 그 무식한 돌팔이는 내가 아프다는 사실만 알고 있었을 거예요. 통증만 없애는 건 쉬웠겠죠.

티론 메리! 제발 부탁인데 과거는 잊어요, 이제라도!

메리 (감정이 사라져버린 차분한 음성으로) 왜요? 어떻게 그럴 수가? 과거는 그 자체로 바로 현재예요, 안 그런가요? 미래이기도 하죠. 우리는 그게 아니라고 하면서 애써 빠져나가려 하지만 인생은 용납하지 않아요. (계속한다.) 다 내 탓이에요. 유진이 죽은 뒤 다시는 아이를 갖지 않겠다고 다짐했건만. 그 애가 죽은 건 나 때문이었으니까. 당신이 너무 외롭다고, 보고 싶다고 편지를 보내는 바람에 친정어머니에게 아이를 맡기고 떠난 이 나쁜 어미 탓이라니까요. 내가 곁에 있었더라면 홍역

걸린 제이미가 아기방에 들어가는 일은 맹세코 없었을 텐데. (얼굴이 굳어지며) 제이미는 일부러 들어간 거야, 분명해. 아기한테 샘을 내고 있었으니까. 아기를 미워했으니까. (티론이 반박하려 하자) 알아요, 그래요, 안다니까. 그때 제이미 나이가 겨우 일곱 살이었다는 거. 하지만 그 앤 멍청이가 아니었잖아요. 아기한테 홍역이 옮으면 죽을 수도 있다고 주의를 줬으니 다 알고 있었단 말이죠. 사실 난 제이미가 용서가 안 돼요.

티론 (비통하게) 이제 유진 얘기요? 죽은 애는 편안히 잠들도록 내버려둘 수 없겠소?

메리 (못 들은 척) 내 잘못이었어요. 아기 곁에 있어야 한다고 우겼어야 했는데 당신을 사랑한다는 이유로 당신의 설득에 못 이겨 달려갔으니. 그리고 무엇보다, 당신이 새로 아이를 가지면 유진을 잊을 수 있다고 아이를 갖자고 우겼을 때 넘어가지 말았어야 했어. 그때 난 아이를 제대로 키우려면 집에서 낳아야 한다는 걸, 좋은 엄마가 되려면 집에 있어야 한다는 걸 뼈저리게 느끼고 있었거든요. 그래서 에드먼드를 가진 동안 내내 두려웠어요. 끔찍한 일이 벌어질 걸 알고 있었으니까. 유진을 두고 떠난 걸로 난 다시 아이를 가질 자격이 없는 여자란 걸 증명한 셈이니 다시 아이를 가지면 천

벌을 받게 될 거라 생각했으니까. 에드먼드를 낳지 말았어야 했다니까요.

티론 (불안하게 앞쪽 응접실을 흘낏 보면서) 메리! 말 좀 조심해. 그 애가 들으면 당신이 자기를 원하지 않았던 걸로 오해하겠어. 그러잖아도 몸도 안 좋은 앤데….

메리 (격하게) 말도 안 돼요! 난 그 애를 원했어요, 원했다고요! 이 세상 무엇보다도! 당신은 몰라! 그 애가 불쌍해서 한 소리였다고. 그 앤 단 한 번도 행복했던 적이 없어요. 앞으로도 영원히 그럴 거고. 건강하게 살지도 못할 거잖아요. 그 앤 너무 신경질적이고 예민하게 태어났어요. 내 잘못으로, 이 나쁜 어미 때문에. 그 애가 저렇게 아프니까 자꾸 유진하고 아버지 생각이 나고 두렵고 죄책감마저…. (갑자기 말을 끊더니 완강하게 부인하는 태도로 돌변하는데) 아무 이유도 없이 끔찍한 일들을 상상하는 건 어리석은 짓이죠. 감기는 누구나 걸리는 것이고, 누구라도 다 낫는 것인데. (티론은 아내를 바라보며 어쩔 수 없다는 듯 한숨짓는다. 그러다 앞쪽 응접실로 고개를 돌리는데 에드먼드가 계단을 내려오고 있다.)

티론 (작은 소리로 날카롭게) 에드먼드가 왔소. 제발 정신 좀 차려요. 그 애가 나갈 때까지만이라도! 그 애를 위해 그 정도는 해줄 수 있잖소! (아들을 기다리며 억지로 즐겁고 아버지다운 표정을 만든다. 메리는 겁에 질린 채 기다린다. 다시 공황 상태에 빠져 두 손이 정신없이 옷의 가슴께로 올라갔다가 목으로 이어졌다가, 다시금 머리로 올라간다. 그러다 에드먼드가 문가에 다다르자 그를 마주 볼 수가 없어 부리나케 왼쪽 창가로 가서 앞쪽 응접실을 등지고 창밖을 멍하니 내다볼 뿐이다. 에드먼드가 들어선다. 그는 청색 기성복에 빳빳한 칼라와 넥타이를 갖춰 매고 검정 구두를 신었다.)

티론 (배우다운 열띤 어조로) 야! 아주 말쑥하게 빼입었구나. 나도 지금 갈아입으러 올라가는 참이란다. (아들을 지나친다.)

에드먼드 (냉담하게) 잠깐만요, 아버지. 이런 얘기 꺼내긴 싫지만 지금 차비가 없어요. 한 푼도 없는데.

티론 (무심코 습관적인 설교를 시작한다.) 돈 가치를 모르면 평생 무일푼 신세를 면하지 못하는…. (곧장 자제한다. 병색이 짙은 아들의 얼굴을 바라보며 근심과 연민이 어린 목소리를 담아) 너야말로 분명 그걸 모르는 애는 아니지. 병이 나기 전까지는 열심히 일했으니까. 아주 훌륭했지, 맞아, 잘 알고 있다. 아버진 네가 자랑스럽구나. (바지 주머니에서 작은 돈뭉치를 꺼내더니 신중하게 한 장을 고른다. 에드먼드, 돈을 받아 흘깃 보고는 놀라는 표정을 짓는다. 티론, 다시 습관적으로 빈정댄다.) 고맙습니다. (셰익스피어의 《리어왕》

115

에 등장한 연극 대사를 인용한다.) "독사의 이빨보다 날카로운 것은…."

에드먼드 "은혜를 모르는 자식을 두는 것." 저도 알아요. 아버지, 말할 기회를 주시면 좋을 것 같아요. 놀라서 말문을 잃어버렸으니까요. 1달러가 아니라 10달러가 좋아요.

티론 (선심 쓴 것이 멋쩍어서) 그래, 넣어둬라. 시내에 나가면 친구들을 만날 텐데 주머니에 돈이 있어야 사람 노릇을 할 테니까.

에드먼드 그래서 주신 거 맞죠? 와, 고맙습니다, 아버지. (한순간 진심으로 기쁘고 고맙게 여기다가 불안한 의심의 눈초리로 아버지의 얼굴을 바라본다.) 그런데 왜 갑자기…? (냉소적으로) 하디 선생이 저보고 죽을 거래요? (아버지가 몹시 불쾌해하는 걸 보고) 아녜요! 농담이 지나쳤네요. 그냥 농담, 농담이라니까요, 아버지. (충동적으로 한 팔로 아버지를 다정하게 껴안는다.) 정말 감사해요. 무엇보다 정말이에요, 아버지.

티론 (감동해서 마주 껴안는다.) 고맙긴.

메리 (공포와 분노를 이기지 못해 공황 상태에 빠져 그들에게 확 돌아서며) 난 용납 못 한다니까! (발까지 쾅쾅 구르며) 알겠니, 에드먼드! 그런 끔찍한 소리를 하다니! 죽을 거라니 그게 무슨 말이야! 분명 책 때문이야! 맨날 슬픔과

죽음 얘기뿐인 책들만 읽어서리! 그 따위 책들을 읽게
내버려둔 네 아비도 잘못이야. 그리고 네가 쓴 시들은
더 심각해! 살고 싶지 않다는 생각이나 하다니 말도
안 된다! 앞날이 창창한 젊은 애가 그런 말이나 하다
니! 책 흉내 내느라 괜히 그러는 거야! 진짜 아픈 게 아
니라고!

티론 메리! 그만!

메리 (곧바로 초연한 목소리로 바뀌며) 하지만 제임스, 저 애가
아무것도 아닌 일로 저렇게 요란을 떨고 우울해하는
게 우습잖아요. (에드먼드 쪽으로 고개를 돌리지만 시선은 피
하며 다정하게 놀린다.) 걱정 말거라. 엄마가 네 맘 다 알
고 있단다. (아들에게로 다가간다.) 응석 부리고 싶어서
그러지? 모두 너만 떠받들고 위해 줬으면 좋겠지? 아
직도 어린애니까. (아들을 껴안는다. 그래도 에드먼드가 뻣
뻣하게 서 있자 목소리가 살짝 떨리기 시작한다.) 하지만 너무
그러지는 말거라. 끔찍한 소리는 하지도 마. 심각하게
받아들이는 내가 어리석다는 긴 알지만 어쩔 수가 없
어. 그런 소리를 들으면, 너무 무섭단다. (아들의 어깨에
얼굴을 묻고 흐느낀다. 에드먼드, 자신도 모르게 마음이 움직여
어색하게시리 어머니의 어깨를 토닥인다.)

에드먼드 울지 마세요, 어머니. (아버지와 눈이 마주친다.)

티론 (가망 없는 희망을 움켜쥐며, 쉰 목소리로) 아까 어머니에게 하겠다던 말을 지금 한다면 혹시…. (더듬거리며 시계를 찾는다.) 아이고야, 벌써 시간이…. 서둘러야겠구나. (황급히 앞쪽 응접실로 향한다. 메리, 고개를 든다. 다시 냉정을 되찾아 어머니다운 근심 어린 태도를 보인다. 아직 눈에 그렁그렁한 눈물을 벌써 잊은 듯하다.)

메리 좀 어떠니? (아들의 이마를 짚어보며) 열이 좀 있지만 햇볕에 나가서 그런 거야. 오늘 아침보다 훨씬 나아 보이는구나. (아들의 손을 잡으며) 이리 와서 앉으렴. 그렇게 오래 서 있으면 안 된다. 기운을 아낄 줄 알아야지. (아들을 의자에 앉히고 아들이 시선을 맞추지 못하도록 자신은 그 의자의 팔걸이에 비스듬히 앉아 아들의 어깨에 팔을 두른다.)

에드먼드 (이제 아주 가망이 없다고 느끼면서도 불쑥 호소를 시작한다) 저, 어머니….

메리 (재빨리 말을 끊는다.) 자, 자! 말하지 말고, 뒤로 기대어 쉬어. (달래듯이) 이 어미 생각에는 말이다, 너 오늘 그냥 집에서 쉬는 게 낫겠다. 내가 보살펴 주마. 이렇게나 날이 더운데 지저분한 고물 전차를 타고 시내에 나가는 건 여간 고된 일이 아니지 않니. 집에서 나랑 그냥 같이 있자꾸나.

에드먼드 (기운 없이) 하디 선생하고 약속 있는 거 잊으셨어요?

(다시 말하는데) 흠, 어머니.

메리 (재빨리) 전화해서 몸이 안 좋다고 말하면 되지 않을까. (흥분해서) 가봐야 돈 낭비, 시간 낭비 아니겠니. 하디 선생, 거짓말이나 꾸며댈 테니까. 심각한 병이라고 하겠지. 그래야 밥벌이가 될 거잖아. (냉혹한 비웃음을 흘리며) 멍청한 늙은이 같으니라고! 할 줄 아는 거라곤 근엄한 얼굴로 의지력에 대해 설교하는 것뿐이잖아, 지난번에 말했듯이!

에드먼드 (어머니의 눈을 맞추려 애쓰며) 어머니! 제발 제 말 좀 들어보세요! 부탁할 게 있단 말이에요! 이, 이제부터가 시작이에요. 그러니까 지금이라도 끊으실 수 있어요. 어머닌 의지가 강하신 분이잖아요! 우리 모두 돕겠어요. 저도 뭐든지 하겠단 말이에요! 네, 어머니?

메리 (애원조로 더듬거리며) 제발 그런 말은 말…. 네가 몰라서 그렇잖니!

에드먼드 (맥이 빠져서) 알았어요, 그만두죠. 소용없을 줄 알았어요.

메리 (완강히 부인한다.) 무슨 소리를 하는 건지 모르겠구나. 하지만 네가 그런 말을 할 자격이 없다는 건 잘 알고 있어. 내가 요양원에서 나오자마자 넌 앓기 시작했어. 요양원에 의사가 집에 가면 마음 편히 안정이 중요하다고 했는데 이제까지 네 걱정만 하고 살았단 말이다. (그러곤 마음이 심란해져) 네 핑계를 대는 건 아니란다! 설명하려다 보니 그렇게 된 거야. 핑계를 대는 게 아니니 이해해다오! (아들을 꺼안으며, 애원하듯) 약속해 주렴, 아니 약속하렴. 이 어미가 네 핑계를 댄다고 생각하지 않는다고.

에드먼드 (신랄하게) 그럼 어떻게 생각할까요?

메리 (천천히 팔을 거둔다. 다시금 냉담하고 감정이 배제된 태도로) 그래, 물론 그렇게 생각할 수밖에 없겠구나.

에드먼드 (자신의 태도를 부끄러워하면서도 여전히 가혹하게) 뭘 기대하시는 거예요?

메리 아무것도. 네 탓이 아냐. 네가 어떻게 나를 믿을 수 있겠니. 나도 나를 못 믿는데 말이다. 난 완전 거짓말쟁이가 되어버렸어. 예전에는 거짓말이라곤 모르고 살았는데. 이제 거짓말을 하지 않을 수가 없게 되었어. 특히 나 자신에게. 네가 어떻게 이해할 수 있겠니, 나 자신도 이해를 못 하는데 말이야. 그 문제에 대해서는 아무것도 모르겠어. 오래전 어느 날 내 영혼이 그냥 더 이상 내 것이 아니란 걸 알게 된 걸 제외하고는. (잠시 멈춘다. 그러곤 목소리를 낮추어 묘하게 확신에 찬 음성으로 속삭인다.) 하지만 언젠가는 영혼을 되찾을 거야. 암,

그렇고 말고. 언젠가 가족들이 모두 잘되면, 건강하고 행복하고 성공한 네 모습을 보게 되면, 그래서 더 이상 죄책감 느끼지 않고 지낼 수 있게 되면. 또 언젠가 성모 마리아께서 나를 용서하시고 수녀원 학교 시절에 가졌던 바로 그 성모님의 사랑과 연민에 대한 믿음을 되찾게 하시어 다시 그분께 기도를 올릴 수 있게 된다면. 성모님께서는 이 세상에 나를 믿어줄 사람이 단 한 사람도 없어도 나를 믿어주실 거고. 그분이 도우신다면 쉽게 이겨낼 수 있을 거야. 나는 고통에 찬 내 비명 소리를 들으면서도 한편으로는 웃고 있을 거야. 자신감이 넘칠 테니까. (에드먼드가 절망하여 침묵을 지키고자 슬프게 덧붙인다.) 물론 넌 그것도 믿을 수 없을 거야, 이해한다. (의자 팔걸이에서 일어나 오른쪽 창가로 가 아들에게서 등을 돌리고 창밖을 내다보며, 태연하게) 다시 생각해 보니 그냥 시내에 나가는 게 좋겠구나, 알았다. 나도 드라이브나 하러 나가야 하는 걸 깜빡 잊었어. 약국에 갈 일이 있으니. 나랑 서기 가고 싶진 않겠지. 창피하지?

에드먼드 (울먹이며) 어머니! 그러지 마세요, 더 이상!

메리 아버지가 주신 10달러를 형이랑 나누어 갖겠지. 너희는 항상 그렇게 나누니까, 안 그러니? 착하게도 말이야, 착해. 네 형이 그 돈으로 뭘 할지 난 알고는 있다.

취향에 맞는 여자들이랑 어울려 술이나 퍼마시겠지. (아들을 향해 돌아서며 겁에 질려 애원한다.) 에드먼드! 넌 안 마신다고 약속해 다오! 너무 위험하니까! 하디 선생도 그런 말을 하시….

에드먼드 (신랄하게) 그 멍청한 늙은 돌팔이가 하는 말은 이제 신 경도 안 써요.

메리 (비참하게) 에드먼드! (현관에서 제이미의 목소리가 들려온다.) "야, 꼬맹아, 빨리 가자니까." (메리, 즉시 초연한 태도로 돌아가며) 가거라, 에드먼드. 형이 기다리잖니, 함께 출발 해. (앞쪽 응접실로 간다.) 아버지도 내려오시는구나. (티론, 에드먼드를 부른다.) "가자꾸나, 에드먼드." (메리, 아들에게 초연하게 키스한다.) 잘 다녀와라. 집에서 저녁 먹을 거라면 늦지 않도록 해. 아버지한테도 그렇게 말씀드리고. 너도 브리지트 성질 알잖니. (에드먼드, 서둘러 나간다. 티론이 현관에서 말한다. "다녀오겠소, 메리." 제이미도 말한다. "다녀올게요, 어머니." 이에 메리, 대답한다.) 다녀들 와요. (그들이 나가고 현관문 닫히는 소리가 들린다. 그녀는 탁자 옆에 서서 한 손으로는 탁자를 두드리고 다른 한 손으로는 머리를 매만진다. 겁에 질린 고독한 눈으로 실내를 둘러보며 중얼거린다.) 여긴 너무 쓸쓸해. (지독한 자기 경멸로 얼굴이 굳어버린다.) 또 자신에게 거짓말을 하는구나. 사실은 혼자 있고 싶었으면서. 저들이 보이는 경멸과 혐오감 때문에 함께 있는 게 싫었으면서. 저들이 나가서 기쁘면서 말이야. (절망적인 웃음을 흘린다.) 성모 마리아님, 그런데 왜 이렇게 쓸쓸한 걸까요?

막

제3막

같은 장소. 저녁 여섯 시 반 정도. 거실은 어둑어둑해지고 있다. 벌써 집안이 어두워진 것은 만(灣)에서 올라온 안개가 창밖에 흰 커튼처럼 드리워져 있기 때문이다. 항구 입구의 저쪽 등대에서 새끼를 낳는 고래의 처량한 신음과도 같은 무적 소리가 규칙적으로 들려오고, 항구에서는 정박 중인 배들의 경보 종이 간헐적으로 울려 퍼진다.

2막 점심 식사 전 장면에서처럼 탁자 위에는 위스키 병과 잔들, 얼음물 주전자가 놓인 쟁반이 있다.

메리와 하녀 캐슬린이 보인다. 캐슬린은 탁자 왼쪽에 서 있다. 그녀는 빈 위스킨 잔을 손에 들고 있지만 본인이 그걸 들고 있다는 사실조차 잊은 것 같은 모습을 하고 있다. 기분 좋게 취해서 멍청하고도 쾌활한 얼굴이면서 동시에 바보 같은 웃음을 짓고 있다.

메리는 방금 전보다 더 창백해졌고 눈은 이상할 정도로 반짝인다. 묘하게 초연한 태도도 더 심해졌다. 그녀는 내면의 더욱 깊숙한 곳으로 숨어 들어가 꿈속에서 도피처를 찾고선 결국 해방되었다. 그 속에서 현실이란 그저 무감각하게—심지어 더없이 냉소적으로—물리치거나 아니면 완전히 무시해 버릴 수 있는 하나의 현상에 지나지 않는다. 이따금 그녀는 스스로 자각하지 못하는 사이에 다시금 수녀원 학교 시절의 순진하고도 행복하게 재잘대는 여학생으로 돌아간 듯 섬뜩하도록 쾌활하고 자유로운 젊음이 넘치는 태도를 마음껏 드러낸다. 지금은 시내로 드라이브하러 나가려고 갈아입은 옷을 그대로 입고 있는데, 단정하지 못하게 아무렇게나 입지만 않았더라면 아주 잘 어울렸을, 단순하면서도 꽤 비싼 옷을 입고 있는 것이다. 머리는 이제 방금 전처럼 단정하지는 못하다. 약간 헝클어지고 균형을 잃은 모습이랄까. 지금은 하녀 캐슬린이 마치 오랜 친구인 것처럼 터놓고 이야기를 나눈다. 막이 오르면, 메리는 방충문 옆에 서서 바깥을 바라보고 있다. 무적이 신음 소리처럼 울린다.

메리 (흥겨운 상태에서 소녀처럼) 저 무적 소리! 끔찍하지 않니, 캐슬린?

캐슬린 (평소보다 더 허물없어 보이지만 일부러 무례하게 행동하는 건 절대 아니다. 안주인을 진심으로 좋아하는 그녀) 그러게요, 마님. 꼭 통곡의 요정 밴시 같으세요.

메리 (못 들은 듯 계속 말을 이어간다. 이어지는 모든 대화에서 대화 상대로보단 그저 말을 계속할 수 있는 구실로 캐슬린과 함께 있다는 느낌이다.) 오늘 밤은 상관없어. 어젯밤엔 저 소리 때문에 미칠 지경이었지. 더 이상 견딜 수 없을 때까지 잠도 못 이루고 걱정만 했다니까.

캐슬린 이럴 수가! 아까 시내에서 올 때 겁나서 죽을 뻔했다니까요. 못생긴 원숭이 스마이드가 차를 도랑에 처박거나 나무에 들이박는 줄 알았다니까요. 안개가 너무 심해서 코앞에 있는 것조차 전혀 안 보였으니까요. 마님, 저도 뒷자리에 타게 해주셔서 너무 감사합니다. 그 원숭이랑 앞자리에 탔더라면 그 인간, 그 더러운 손을 가만히 두지 않았을 거예요. 조그마한 틈만 나면 다리를 꼬집질 않나, 거기를 더듬지 않나···. 어휴, 죄송해요, 마님. 하지만 사실이어서요.

메리 (꿈꾸듯) 난 안개가 싫은 게 아니야, 캐슬린. 안개는 좋아.

캐슬린 안개가 혈색에 좋다면서요.

메리 안개는 우리를 세상으로부터 가려주고 세상을 우리로부터 가려준다고 하잖아. 그래서 안개가 끼면 모든 게 변한 것 같고 예전 그대로인 건 아무것도 없는 것처럼 느껴지는 거야. 아무도 우리를 찾아내거나 손대지 못하지.

캐슬린 스마이드가 진짜 제복 입은 운전사들처럼 멋진 미남이라면 또 몰라요. 그러니까, 장난으로 그런 거라면

129

요. 왜냐하면 전 정숙한 여자니까요. 그런데 쭈글쭈글한 난쟁이 주제에 감히…! 그래서 제가 그랬죠. 내가 너 같은 원숭이를 상대할 정도로 궁한 줄 아느냐고요. 그 인간한테 분명하게 경고했어요. 그러다가 나한테 오지게 한 방 맞고 일주일쯤 뻗어 있을 거라고요. 분명히 경고하는데 진짜 그럴 거예요!

메리 내가 싫어하는 건 무적 소리뿐이야. 저 소리는 사람을 가만 놔두지 않거든. 자꾸 옛날 일들을 들쑤시고 무서운 생각을 하게 만들잖아. (야릇한 미소를 지으며) 하지만 오늘은 안 될 거야. 그냥 듣기 싫은 소리니까, 아무것도 생각나게 하지 못할 거야. (어린 소녀처럼 장난스럽게 웃으며) 그이가 코 고는 소리는 예외일 수도 있지. 코 고는 걸 갖고 그이를 놀리는 건 정말 재미있거든. 언제부터 코를 골기 시작했는지 기억도 안 날 정도야. 특히 과음했을 땐 더 심해. 그런데도 어린애처럼 한사코 자기는 코를 안 곤다고 우기는 거지. (탁자로 가며 가볍게 웃는다.) 하기야 나도 가끔 코를 고는 것 같지만 인정하고 싶지는 않아. 그러니 그이를 놀릴 자격이 사실은 없는 거야. 안 그래? (탁자 오른쪽의 흔들의자에 앉는다.)

캐슬린 아, 그럼요. 건강한 사람은 다 코를 골더라고요. 그게 제정신이라는 표시라는 말을 들었어요. (그러곤 걱정스

럽게) 지금 몇 시쯤 됐어요, 마님? 전 이제 부엌으로 가
볼게요. 브리지트가 흐린 날씨 때문에 관절염이 도져
서 미치겠다고 여간 성질을 부리는 게 아녜요. 분명
지금 가면 시비부터 걸겠죠. (술잔을 탁자에 내려놓고 뒤쪽
응접실을 향해 이동한다.)

메리 (순간적으로 두려움에 휩싸여) 아냐, 가지 마, 캐슬린. 아직
혼자 있고 싶지는 않아.

캐슬린 조금만 있으면 괜찮으실 거예요. 주인님하고 도련님
들이 금방 오실 거잖아요.

메리 저녁 먹으러 안 올지도 몰라. 집보다 편하게 여기는
술집에 눌러앉아 있을 좋은 핑곗거리가 확실하게 생
겼잖아. (캐슬린, 무슨 소린지 몰라 멍하게 쳐다볼 뿐이다. 메리
는 미소 지으며 계속해서 말을 잇는다.) 브리지트 걱정은 하
지 않아도 괜찮아. 내가 못 가게 했다고 말해 줄 테니
까. 그리고 이따 갈 때 위스키 한 잔 가득 갖다주면 문
제없을 거야.

캐슬린 (히죽 웃더니 다시 마음 놓고) 물론이죠, 마님. 그것만 있으
면 브리지트 기분이 금세 좋아지죠. 술을 참으로 좋아
하니까요.

메리 너도 한 잔 더 하고 싶으면 해도 괜찮아.

캐슬린 더 마셔도 되는지 모르겠네요. 마님, 벌써 술기운이

도는데요. (술병으로 손을 뻗으며) 뭐, 한 잔 더 한다고 어떻게 되겠어요. (술을 따른다.) 마님의 건강을 위하여. (독한 술을 마신 뒤 먹는 물 같은 건 챙기지도 않고 기분 좋게 마신다.)

메리 (꿈을 꾸는 듯) 나도 옛날엔 아주 건강했었지. 하지만 너무도 오래전 일이 되어버렸어.

캐슬린 (다시금 걱정되어) 주인님이 보시면 술이 줄어든 걸 눈치채실 거예요. 얼마나 날카로운 감각을 가지신 분이신데요.

메리 (재미있어하며) 그럼 제이미가 하는 바로 그 속임수를 쓰지, 뭐. 물 몇 잔 따라두면 모든 것이 오케이.

캐슬린 (시키는 대로 하면서 바보같이 킬킬거린다.) 어쩌면 좋아. 물 반, 술 반이라니. 입술만 살짝 대셔도 금방 아실 텐데요.

메리 (무관심하게) 아냐. 돌아올 때쯤이면 너무 취해서 맛이라곤 1도 모를 거야. 술로 슬픔을 달랠 아주 좋은 핑계가 생겼잖아.

캐슬린 (철학적으로) 그건 진짜, 남자들의 약점이죠. 전 입에 술한 방울 안 대는 남자는 싫어요. 그런 남자들은 패기가 없거든요. (그러곤 멍청하게) 좋은 핑계요? 에드먼드 도련님 말씀이세요, 마님? 주인님이 도련님 때문에 걱정하시는 것 같더라고요.

메리 (방어적으로 굳어진다. 그러나 묘하게도 그런 반응은 진짜 감정에까지는 파고들지 못한 듯 다분히 기계적이기는 하다.) 그런 바보 같은 소리는 그만, 캐슬린. 걱정할 게 뭐가 있겠어? 감기 기운 있는 게 무슨 대수로운 일이라고. 그리고 그이는 돈하고 땅하고 늙어서 가난해지면 어쩌나 하는 걱정밖에는 아무 걱정도 안 하는 별종이라고. 심각하게는 말이지. 그 셋밖에 모르니까. (초연하게 애정 어린 태도로 재미있어하며 조그맣게 웃는다.) 그이는 아주아주 별난 사람이란 말이야.

캐슬린 (멍한 상태에서 화나서) 그래도 우리 주인님은 멋지고 미남이시고 친절한 신사이시잖아요, 마님. 단점 같은 건 신경 쓰지 마시라니까요.

메리 신경 안 써, 괜찮아. 난 36년 동안이나 그이를 끔찍이 사랑해 왔어. 그것만 봐도 그이가 사실은 좋은 사람인데 어쩔 수 없이 이렇게 되고 말았다는 걸 내가 알고 있다는 증거가 되지, 맞지?

캐슬린 (몽롱한 와중에도 안심하며) 그럼요, 마님. 주인님을 끔찍이 사랑하셔야 헤요. 주인님이 마님을 열렬히 사랑하신다는 걸 바보라도 알 수 있으니까요. (두 잔째 들어간 술의 취기와 싸우며 맑은 정신으로 대화하려고 애쓴다.) 연극 말인데요, 마님. 왜 무대에 서지 않으셨어요?

메리 (화를 내며) 나 말이야? 왜 그런 말도 안 되는 생각을 하
는 걸까? 나는 좋은 집안에서 자랐고 중서부 최고의
수녀원 학교에 다녔어. 그이를 만나기 전에는 극장이
라는 게 있는지도 몰랐어. 난 무모하리만큼 신앙심이
깊었지. 수녀가 되고 싶은 꿈도 있었으니까. 배우가
되고 싶다는 생각은 꿈에도 해본 적이 없어.

캐슬린 (퉁명스럽게) 마님이 수녀가 된다는 건 상상도 안 되네
요. 사실 말이지, 마님은 교회에도 안 나가시잖아요.

메리 (싹 무시하고) 극장에서는 맘 편했던 적이 없어. 그이는
순회공연을 떠날 때마다 나를 데리고 다녔지만 난 극
단 사람들이나 배우들과 친해질 수가 없었지. 그 사
람들이 싫어서 그런 건 아니었어. 그들은 항상 나한
테 친절했고 나도 그랬지. 그런데도 그들과 같이 있는
게 편치 않았어. 서로 생활이 달랐으니까. 그게 그들
과 나 사이의 벽이 되어…. (갑자기 일어서며) 다 지나간
얘기는 하지 말자. (현관문으로 가서 밖을 내다본다.) 안개
가 얼마나 자욱한지 한 치 앞도 안 보이는군. 세상 사
람 모두가 지나가도 모르겠어. 항상 이랬으면 좋겠다.
벌써 어두워지고 있어. 곧 밤이 되겠지. 다행히도. (돌
아서며 몽롱하게) 캐슬린, 오늘 같이 나가줘서 정말 고마

위. 혼자 나갔더라면 쓸쓸했을 거야.

캐슬린 뭘요. 저도 여기서 브리지트네 친척 자랑이나 듣고 있기보다 좋은 차 타고 시내에 나가는 것이 훨씬 낫죠. 꼭 휴가 같았어요, 마님. (잠시 말을 끊더니, 멍청하게) 마음에 들지 않았던 게 하나 있긴 했지만.

메리 (멍하니) 그게 뭘까, 캐슬린?

캐슬린 마님 약 사러 가셨을 때 바로 그 약사의 태도 말이에요. (분개하며) 건방지게시리!

메리 (계속 멍하니) 무슨 소릴 하는 거니? 무슨 약국? 무슨 약? (그러다 캐슬린이 놀라서 멍하니 쳐다보자 황급히) 아, 그거, 깜빡했어. 손 관절염 때문에 쓰는 약. 약사가 뭐라고 했는데? (그러더니 무관심하게) 뭐라고 했든 상관없지. 처방대로 약만 지어줬다면.

캐슬린 저한텐 상관있어요! 전 도둑 취급받는 것에 익숙하지 않다고요. 글쎄 저를 한참 뚫어지게 쳐다보더니 기분 나쁘게 이러는 거예요. "이 처방전 어디서 난 거야?" 그래서 제가 이렇게 말했어요. "어디서 났든 자기랑 무슨 상관이람. 그렇게 궁금하다면 가르쳐주죠. 저기 차 안에 앉아 계시는 우리 마님인 타이론 부인인 거예요." 그랬더니 아무 말 못 하더라고요. 마님을 내다보고, "아, 그렇군" 하더니 약을 지으러 가더라고요.

메리 (멍하니) 맞아, 그 사람 날 알지. (탁자 오른쪽 뒤편의 안락의
자에 앉는다. 차분하고 초연한 음성으로) 그 약을 써야 견딜
수가 있거든. 손 아픈 거 말야. (두 손을 들더니 우울한 연
민의 눈빛으로 바라본다. 이제 그녀의 손은 떨리지 않는다.) 가
엾은 내 두 손! 넌 믿지 못하겠지만 예전엔 이 손이 내
매력 가운데 하나였단다. 머리랑 눈이랑 함께 말이지.
몸매도 정말 예뻤고. (점점 더 현실에서 아득히 멀어지듯 꿈
꾸는 듯한 목소리로) 음악가의 손이었지. 난 피아노를 좋
아했거든. 수녀원 학교에 다닐 때 음악을 얼마나 열심
히 했던지…. 워낙 좋아해서 힘든 줄도 몰랐어. 엘리
자베스 원장 수녀님과 음악 선생님 모두 나같이 재능
이 뛰어난 학생은 처음 본다고 하셨는데 말이야. 아
버진 특별 레슨을 받도록 해주셨어. 나를 워낙 사랑
하셨거든. 내가 원하는 거라면 다 들어주신 분이었는
데. 수녀원 학교를 졸업하면 유럽 유학까지도 보내주
려 하셨어. 그이와 사랑에 빠지지 않았더라면 유학을
떠났을지도 몰라. 아니면 수녀가 됐거나, 둘 중 하나
겠지. 난 꿈이 두 가지였거든. 그중에서도 수녀가 되
는 게 더 아름다운 꿈이었어. 다른 꿈은 피아니스트
가 되는 거였고. (말을 끊고 손을 뚫어지게 본다. 캐슬린은 졸
음과 취기를 물리치려고 눈을 계속 끔뻑거린다.) 오랫동안 피

아노에 손도 안 댔어. 병신 손이 돼서 치고 싶어도 못 쳤겠지. 결혼하고 얼마 동안은 계속 음악을 하려고 했어. 하지만 가망이 없었어. 순회공연에, 싸구려 호텔에, 구질구질한 기차에, 집도 없이 아이들도 내팽개치고…. (혐오감에 넋을 잃고 손을 바라보며) 이것 봐, 캐슬린, 얼마나 흉한지! 완전히 병신 손이 따로 없다니까! 누가 보면 끔찍한 사고라도 당한 줄 알 거야! (야릇한 웃음 소리를 내며) 사고라면 사고겠군. (갑자기 등 뒤로 손을 감춘다.) 보지 말아야지. 무적 소리보다 이 손이 더 옛날 기억을…. (그러더니 반항적으로 자신감에 가득 차서) 하지만 이젠 손도 나를 괴롭힐 수 없어. (등 뒤에서 손을 빼서 찬찬히 뜯어보며 차분하게) 이렇게 눈에 보이긴 해도 저 멀리 있으니까. 이제는 아프지 않거든.

캐슬린 (멍청하게 어리둥절해) 약은 드셨어요? 그러니까 마님도 재미있으시네요. 약 드신 거 몰랐다면 한잔하신 줄 알았겠어요.

메리 (꿈꾸듯) 약을 쓰면 통증이 가시니까 통증이 미치지 않는 과거로 떠나는 거지. 행복했던 과거만 있는 바로 그곳으로. (사이를 두고—자신의 말이 행복을 환기시키기라도 한 듯한 태도와 얼굴 표정으로 변한다. 그러자 더 젊어 보인다. 순진한 여학생의 모습을 풍기면서 수줍게 미소 짓는다.) 캐슬린,

지금 네 눈에 그이가 미남으로 보인다면 우리가 처음 만났을 때의 모습은 어땠겠니. 그이는 나라에서 손꼽히는 미남이었지. 수녀원 여학교 학생들도 그이가 무대에 섰던 모습을 보거나 그이의 사진을 보고는 엄청나게 열광했었어. 너도 알다시피 그이는 그 당시 미남 스타였으니까. 그이를 보려고 여자들이 분장실 문 앞에서 떼를 지어 기다리곤 했었는데. 우리 아버지가 제임스 티론과 친한 사이가 되었다며 부활절 방학 때 집에 오면 그를 만나게 해주겠다고 편지를 보내셨을 때 내가 얼마나 흥분했겠는지 상상이 될까? 친구들에게 편지를 다 돌리면서 자랑했거든. 얼마나 부러워들 하던지! 아버진 그의 공연에 먼저 데려가셨어. 프랑스 혁명에 관한 연극이었는데 주인공이 귀족이었어. 난 그 사람한테서 눈을 뗄 수가 없었어. 그 사람이 감옥에 갇힐 땐 울었다니까. 그러나 눈하고 코가 빨개졌을까 봐 속상해서 혼났지. 연극이 끝나면 분장실로 그 사람을 만나러 갈 거라고 아버지가 귀띔해 주셨거든. 우린 분장실로 갔어. (흥분된 수줍은 웃음소리를 내고는) 난 너무 수줍어서 말도 잘 못 하고 바보처럼 얼굴만 붉혔다니까. 하지만 그 사람은 날 바보로 보진 않았던 모양이야. 처음 소개받은 순간부터 날 좋아한다는 걸 알았지. (교태를 부리며) 아마 내 눈이랑 코가 빨개지지 않았었나 봐. 캐슬린, 나 그때 진짜로 참 예뻤다. 그리고 그이도 내가 상상했던 어떤 모습보다도 멋졌지. 분장이랑 귀족 의상이랑 어쩜 그렇게 잘 어울리던지. 그인 다른 세상에서 온 사람처럼 보통 사람들과는 달랐어. 그러면서도 소박하고 친절하고 겸손할 뿐 거만하다거나 허영기라곤 조금도 없었어. 난 그 자리에서 사랑에 빠졌던 거야. 나중에 그이 말이 자기도 그랬다더군. 난 수녀나 피아니스트가 되고 싶은 생각은 까맣게 잊었지. 그의 아내가 되고 싶은 마음밖에 없었어. (잠시 말을 끊고 부자연스러울 정도로 반짝이는 꿈꾸는 듯한 눈으로 앞을 응시하면서 황홀해하는, 애정이 깃든 소녀 같은 미소를 짓는다.) 36년이나 지났는데도 오늘 일처럼 또렷이 기억나! 그 뒤로 우린 서로 사랑했어. 그리고 그 36년 내내 그이는 스캔들 비슷한 것도 일으키지 않았어. 다른 여자하고 말이야. 날 만난 뒤로는, 캐슬린, 그래서 난 정말 행복했단다. 그덕에 다른 것들은 다 용서할 수 있었다니까.

캐슬린 (살짝 취한 기분으로 졸음과 싸우며 감상적으로) 주인님은 멋진 신사이시고 마님은 복이 많은 분이시잖아요. (그렇지만 안절부절못하며) 마님, 브리지트에게 술을 가져다줘

도 괜찮겠지요? 저녁 시간이 다 됐을 텐데 부엌에 가
서 도와야죠. 화 좀 풀리려면 뭐라도 갖다줘야지 안
그러면 칼 들고 쫓아올 수도 있어요.

메리 (꿈에서 현실로 돌아왔지만 멍한 상태에서도 격분해서) 그래,
그래, 가보는 게 낫겠지. 이젠 캐슬린이 없어도 괜찮
으니까.

캐슬린 (안도하며) 고맙습니다, 마님. (술을 한 잔 가득 따라 들고 뒤
쪽 응접실로 가는데) 조금만 기다리세요. 주인님과 도련
님들이….

메리 (조바심을 내며) 아니, 아니, 오기는 누가 와. 브리지트한
테 기다리지 말라고 전해. 여섯 시 반만 되면 저녁 차
려. 난 배는 안 고프지만, 식탁에는 앉을 거니까. 빨리
먹고 얼른 치워야지.

캐슬린 마님, 뭐라도 좀 드셔야죠. 입맛을 떨어뜨리다니 참으
로 이상한 약이군요.

메리 (다시 꿈결에 빠져들어 기계적인 반응을 보이며) 약이라니? 무
슨 소린지 모르겠구나. (내보내려는 듯) 얼른 술이나 갖
다주렴.

캐슬린 예, 마님. (뒤쪽 응접실을 통해 사라진다. 메리는 부엌문이 닫
히는 소리가 들릴 때까지 기다렸다가 다시금 느긋하게 꿈에 젖
어 허공을 응시한다. 팔은 의자 팔걸이에 힘없이 걸쳐 있고 울퉁

불퉁하고 뒤틀린 길고 섬세한 손가락들은 아무 동요 없이 축 늘어져 있을 뿐이다. 실내가 서서히 어두워진다. 잠시 죽음 같은 침묵이 깔린다. 바깥세상에서 구슬픈 무적 소리가 들려오더니 이어 항구에 닻을 내린 배들이 일제히 울리는 종소리가 안개 때문에 약해져서 들려온다. 메리의 얼굴에는 그 소리를 들은 표시가 나타나지 않지만, 손이 경련을 일으키더니 손가락들이 잠시 저절로 허공에서 움직인다. 그녀는 파리 한 마리가 마음속으로 걸어 들어오기라도 한 듯 미간을 찡그리며 기계적으로 머리를 마구 흔들어댄다. 그러자 갑자기 소녀 같은 모습은 사라지고 냉소적인 슬픔에 빠진 비참한 늙은 여자가 될 뿐이다.)

메리 (신랄하게) 감상적인 바보 같으니라고. 낭만에 빠져버린 어리석은 여학생과 미남 배우의 첫 만남이 뭐가 그렇게 대단하길래? 넌 그를 만나기 전에 수녀원에서 성모님께 기도하며 살 때가 훨씬 더 행복했잖아. (동경에 젖어) 잃었던 신앙심을 되찾을 수만 있다면, 그러면 다시 기도할 수 있을 텐데! (잠시 멈추고, 단조롭고 공허한 음성으로 성모송을 부르기 시작한다.) 은총 가득하신 마리아님, 기뻐하소서! 주님께서 함께 계시니 여인 중에 복되시며…. (냉소적으로) 성모님께서 거짓말이나 하는 마약쟁이의 기도에 속으실 것 같아? 넌 그분의 눈과 마음을 결코 속일 수 없어! (벌떡 일어난다. 위로 올라간 손이

정신없이 머리를 매만진다.) 이층에 가야겠어. 약을 더해
야겠어. 끊었다가 다시 시작하면 정확한 양을 알 수
가 없거든. (앞쪽 응접실로 향한다. 앞뜰에서 사람들 목소리가
들려오자 문간에서 잠시 멈춘다. 움찔해서는.) 이 소리는 분
명…. (황급히 돌아와 앉는다. 잔뜩 방어하는 표정이 되고는 화
를 낸다.) 왜 벌써 오는 거야? 오고 싶지도 않으면서. 나
도 혼자 있는 게 훨씬 나은데. (갑자기 태도가 싹 바뀐다.
애절한 정도로 안도하면서 꽤 들뜬다.) 아, 가족이 와줘서 얼
마나 기쁜지 몰라! 너무 쓸쓸했었는데! (현관문 닫히는 소
리가 들리고, 티론이 그곳에서 불안한 목소리로 메리를 부른다.)

티론 거기 있소, 메리? (현관의 불이 켜지고 그 빛이 앞쪽 응접실을
거쳐 메리에게로 떨어진다.)

메리 (사랑스럽게 활짝 핀 얼굴로 의자에서 일어선다. 흥분해서 열띤
목소리로) 저 여기 있어요, 여보. 거실이에요. 당신을 기
다리고 있었답니다. (티론이 앞쪽 응접실을 통해 들어온다.
에드먼드가 뒤를 따른다. 티론은 술을 많이 마셨지만 눈이 좀 풀
린 것과 약간 혀 꼬부라진 말을 하는 걸 빼고는 취한 것처럼 보이
지 않는다. 에드먼드도 꽤 여러 잔 마셨으나, 겉으로 보기에는 그
다지 표시가 나지 않고, 다만 움푹 파인 뺨이 붉어졌으며 눈이 열
에 들뜬 것처럼 반짝거린다. 그들은 문간에 멈춰 서서 메리를 관
찰한다. 그리고 자신들이 예상했던 최악의 결과를 맞닥뜨린다.

그러나 메리는 잠시 그들의 비난 어린 눈길을 의식하지 못한다. 그녀는 남편과 아들에게 차례로 키스한다. 그런 그녀의 태도는 부자연스러울 정도로 감정이 넘쳐흐른다. 티론과 에드먼드는 움츠러들면서 겨우 키스를 받는다. 메리는 흥분했으며 말을 이어간다.) 와줘서 정말 기뻐요. 안 올 거라 생각해서 포기하고 있었는데. 안 올 줄 알았거든요. 안개도 끼고 정말이지 음산한 저녁이에요. 시내 술집에 있는 게 훨씬 즐거울 텐데. 사람들하고 얘기도 하고 농담도 나누고. 아, 부인할 거 없어요. 당신 기분은 너무도 잘 아니까. 난 당신 원망 조금도 안 해요. 나 혼자 너무나 쓸쓸하고 우울하게 여기 앉아 있었어요. 어서 와서 여기 앉아요. (그녀는 탁자 왼쪽 뒤편에, 에드먼드는 왼쪽에, 티론은 오른쪽 흔들의자에 앉는다.) 저녁 식사는 조금만 기다려줘요. 사실 당신이 좀 일찍 오신 거라. 해가 서쪽에서 뜨겠네요. 여기 위스키 있어요. 여보, 한 잔 마시겠어요? (대답도 기다리지 않고 술을 따른다.) 에드먼드, 넌? 너한테 권하고 싶지는 않지만, 식전에 입맛 돋게 한잔하는 것쯤이야, 괜찮지. (에드먼드에게도 한 잔 따라준다. 티론과 에드먼드는 술잔을 들 생각도 않는다. 메리는 그들의 침묵을 의식하지 못한 듯 계속 수다스럽다.) 제이미는 어딨지? 하기야 그 앤 술값이 다 떨어지기 전에는 절대 안 들어오겠지.

(남편의 손을 꼭 쥐며, 슬프게) 제이미가 너무 오래 우리한 테서 멀어져 있는 것 같아요. (표정이 굳어지며) 하지만 걔가 에드먼드까지 타락시키도록 내버려둬선 안 된단 말이에요. 그 앤 에드먼드가 항상 귀여움을 독차지하니까 샘을 내는 거예요, 분명히. 유진에게 그랬던 것처럼. 그 앤 에드먼드까지 자기처럼 인생 낙오자로 만들어야 직성이 풀릴 거예요.

에드먼드 (비참하게) 그만 좀 하세요, 어머니.

티론 (기운 없이) 그래, 메리. 지금은 말을 적게 하는 게…. (그러곤 에드먼드에게, 좀 혀 꼬부라진 말투로) 그래도 네 어머니 말이 틀린 건 아냐. 네 형을 조심해라. 그 냉소적인 뱀의 혀로 네 인생을 망쳐놓기 전에!

에드먼드 (아까처럼) 아버지, 그런 소리 좀 하지 마세요.

메리 지금의 제이미를 보면 우리 아기가 저렇게 변했다는 게 믿어지지 않아요. 그 애가 얼마나 건강하고 행복한 아이였는지 기억나요, 제임스? 당신의 순회공연에, 지저분한 떠돌이 기차에, 싸구려 호텔을 전전하고 질 낮은 음식이나 먹으면서도 보채거나 앓아본 적이 없던 아이예요. 항상 웃는 얼굴이었고 거의 운 적도 없었죠. 유진도 제 형처럼 그렇게 행복하고 건강했고요. 이 어미가 제대로 돌보지 않아 세상을 떠나기 전까지

2년 동안은.

티론 제발! 집에 온 내가 잘못이지!

에드먼드 아버지! 그만요!

메리 (에드먼드에게 초연히 애정 어린 미소를 보내며) 어려서 까다로웠던 건 에드먼드였죠. 아무것도 아닌 걸로 늘 신경을 곤두세우고 겁을 먹었으니까요. (아들의 손을 토닥이며 놀리듯) 얘야, 다들 너를 볼 때마다 모자만 떨어져도 운다고 했단다.

에드먼드 (더 이상 참지 못하고 신랄하게) 웃지 말아야 할 이유가 있다고 여겼던 모양이죠.

티론 (나무라면서도 측은히 여기며) 자, 자, 에드먼드. 신경 쓰지 말고 그냥….

메리 (못 들은 것처럼 다시 슬프게) 제이미가 이렇게 부모 망신을 시킬 줄 누가 알았겠어요. 당신도 기억나죠. 제임스. 걔가 기숙학교에 들어가서 몇 년 동안은 얼마나 성적이 좋았어요. 모두 걜 좋아했잖아요. 선생님들이 다 걔가 머리가 아주 비상해서 공부를 잘한다고 칭찬 일색이었잖아요. 걔가 술을 마시기 시작해서 퇴학당할 때도 참 뛰어나고 마음에 드는 학생인데 정말 안됐다고 편지를 보냈잖아요. 걔가 인생을 진지하게 받아들이는 법만 배우면 멋지게 성공할 거라고 하면서요.

(잠시 말을 끊었다가 초연함 속에서도 묘하게 슬픈 목소리로 덧붙인다.) 정말 안타까워요. 불쌍한 제이미! 정말 이해하기 어려운⋯. (갑자기 태도가 싹 바뀐다. 얼굴은 굳어지고 비난어린 적의에 가득 찬 눈으로 남편을 노려본다.) 아니, 그게 아니지. 당신이 걜 술꾼으로 키운 거예요. 걘 처음 눈을 뜨면서부터 당신이 술 마시는 모습을 보고 자랐으니까. 싸구려 호텔 방 화장대 위에는 항상 술병이 놓여 있었죠! 그리고 개가 어렸을 적에 악몽을 꾸거나 배가 아프다고 하면 당신은 위스키를 찻 숟갈로 떠먹였어요, 이런 나쁜 사람 같으니라고.

티론 (콕 찔려서) 그래서 그 덩치만 컸지 게을러빠진 녀석이 주정뱅이 건달이 된 게 내 탓이란 말이요? 기껏 집에 들어왔더니 한다는 소리가 그거야? 이럴 줄 알았으면 오지 말았을 텐데! 당신은 그 독만 들어가면 자기는 쏙 빼고 남 탓만 하지!

에드먼드 아버지! 저보고는 신경 쓰지 말라면서요. (화를 내며) 어쨌거나 어머니 말씀이 틀린 건 아니잖아요. 아버진 저한테도 그러셨어요. 악몽을 꾸고 일어나면 항상 찻 숟갈로 술을 먹였잖아요.

메리 (초연히 회상에 잠긴 목소리로) 그래, 넌 어릴 때 계속 악몽을 꿨지. 넌 타고난 겁쟁이야. 엄마가 널 낳는 걸 너무 두려워해서 그래. (잠깐 멈추고서-여전히 초연한 음성으로) 에드먼드, 네 아버지를 원망하는 게 아냐. 아버진 잘 모르셨거든. 열 살이 넘어서는 학교에도 못 다녔으니 까. 아버지 가족들은 가난에 찌들어 살아야 했던 무지 몽매한 아일랜드 사람들이었지. 그래서 아프거나 놀 란 아이에겐 위스키가 제일 좋은 약이라고 철석같이 믿었을 거야. (남편이 부아가 치밀어올라 자기 가족을 변호하 려는 찰나 에드먼드가 끼어든다.)

에드먼드 (날카로운 목소리로) 아버지! (화제를 돌리며) 이 술 드실래 요, 말래요?

티론 (자제하며, 기운 없이) 네 말이 맞구나. 상대하는 내가 바 보지. (맥없이 술잔을 들며) 한 번에 쭉 들이키거라. (에드 먼드는 마시지만 티론은 손에 든 잔을 바라보고만 있다. 에드먼 드는 위스키에 물을 얼마나 많이 탔는지 즉시 알아챈다. 얼굴을 찌푸리고 술병을 흘낏 봤다가 어머니를 다시 본다. 무슨 말인가 하려다가 그만둔다.)

메리 (달라진 목소리로, 뉘우치며) 원망하는 소리로 들렸다면 미 안해요. 제임스, 원망하는 거 절대 아녜요. 다 옛날 옛 적 일인걸요. 당신이 집에 돌아오지 말 걸 그랬다는 소리를 했을 때 좀 기분이 상했어요. 당신이 와서 정 말 기쁘고 안심이 됐거든요. 고맙고. 밤은 오는데 안

개 속에서 혼자 있으려니 너무 쓸쓸하고 슬퍼서요.

티론 (감동해서) 당신이 이상하게 행동하지만 않는다면 나야 집에 오는 게 좋지.

메리 너무 외로워서 말동무나 하려고 캐슬린을 잡고 있었거든요. (다시금 수줍은 여학생의 모습으로 돌아가서) 여보, 캐슬린한테 무슨 얘기를 했는지 알아요? 아버지랑 당신 분장실로 찾아가서 첫눈에 당신과 사랑에 빠진 얘기요. 당신, 기억나요?

티론 (깊은 감동을 받아, 쉰 목소리로) 내가 어찌 그걸 잊을 수 있겠소, 메리? (에드먼드, 슬픔 그리고 당혹, 그들을 외면한다.)

메리 (부드럽게) 그래요, 제임스. 당신이 여전히 날 사랑하고 있다는 거 알아요. 그 모든 일에도 불구하고 말이죠.

티론 (얼굴을 실룩거리며 눈물을 참으려고 눈을 끔뻑거린다. 이어서 고요하지만 격렬하게) 그래! 그건 틀림없는 사실이지! 당신을 언제나, 영원히 사랑한단 말이오, 메리!

메리 저도 당신을 사랑해요. 그 모든 일이 있었을지라도. (잠시 멈춤. 에드먼드가 무안해서 몸을 이리저리 움직인다. 메리는 다시 초연하게 마치 멀리 있는 사람들에게 남의 얘기를 하듯 말을 이어간다.) 하지만 이거 하나만큼은 반드시 고백해야겠어요. 당신을 사랑하지 않을 수 없었지만 당신이 이렇게나 술을 많이 마시는 줄 알았다면 절대로 당신하고 결혼하지는 않았을 거라는 사실 말이에요. 처음 당신 술친구들이 당신을 호텔 방까지 부축해 데려와 서는 노크를 하고 제가 문을 열기도 전에 도망쳤던 기억이 아직도 생생하답니다. 그때 우린 아직 신혼이었는데 말이지요, 똑똑히 기억해요?

티론 (뜨끔한 마음에 격해져) 전혀 기억 안 나는걸! 신혼 때도 아니었잖소! 그리고 난 평생 누군가에게 부축받아서 침대로 간 적도, 공연을 빼먹은 적도 없어, 내 성격 잘 알잖소, 당신!

메리 (남편이 아무 말도 하지 않은 듯) 그 지저분한 호텔 방에서 몇 시간이고 기다렸죠, 분명히. 무슨 이유가 있어서 못 오고 있겠거니 하면서요. 극장 일 때문에 못 오는 거라고 나 스스로를 달래고 또 달래면서. 난 극장에 대해서는 너무 몰랐으니까요. 그러다 더럭 겁이 났어요. 온갖 끔찍한 사고들이 다 떠오르는 거예요. 그래서 무릎 꿇고 기도해야겠다고 생각했죠. 제발 당신에게 아무 일도 없게 해달라고. 그런데 그 사람들이 당신을 데려와서 던지듯 문밖에 두고 가버렸지요. (조그맣게 슬픈 한숨을 내쉬며) 그땐 전혀 몰랐어요. 앞으로 그런 일이 얼마나 자주 발생할지를. 지저분한 호텔 방에서 얼마나 많은 밤을 기다려야 할지를. 나중에는 진짜 아주 이골이 나더군요.

에드먼드 (아버지에게 비난 어린 증오의 눈길을 퍼부으며 소리친다.) 젠
장! 그렇게 하셨으니…! (자제하며, 퉁명스럽게) 저녁 언제
먹어요, 어머니? 시간 다 됐는데.

티론 (수치심에 어쩔 줄 모르면서도 그걸 감추려 애쓰며, 손목시계를
더듬더듬 찾는다.) 그래. 먹어야지. 보자꾸나. (시계를 보지
만 숫자가 눈에 들어오지 않는다. 애원조로) 메리! 제발 좀 오
늘부터라도 잊어줄 수…?

메리 (초연히 동정하며) 아뇨, 여보. 하지만 용서는 하겠어요.
난 항상 당신을 용서하니까. 그러니 그렇게 미안해할
필요는 없어요. 그런 소리 입 밖에 내서 미안해요. 나
도 슬퍼지고 싶진 않군요. 당신을 슬프게 만들고 싶
지도 않고 말이죠. 행복했던 일들만 기억하고 싶어
요. (다시 수줍고 쾌활한 이전의 여학생 태도로 돌아간다.) 우
리 결혼식 기억나요, 여보? 당신은 내 웨딩드레스가
어떻게 생겼는지 까맣게 잊었을 거예요. 남자들은 원
래 그런 데 관심이 없다는 건 잘 알고 있어요. 그런 것
들이 중요하지 않다고 생각하죠. 하지만 나한텐 중요
했단 말이죠! 그때 얼마나 법석을 떨고 걱정했었는지!
우리 아버진 돈 걱정은 말고 원하는 걸로 사라고 하셨
죠. 최고의 드레스도 나한텐 과분하지 않다면서요. 아

버진 날 너무 응석받이로 키우셨던 게 문제였나 봐요. 하지만 어머닌 달랐어요. 그분은 몹시 신앙이 깊고 엄격하셨죠. 그리고 좀 질투하셨던 것 같아요. 어머닌 내가 결혼하는 걸 찬성하지 않으셨죠. 특히 배우랑은, 내가 수녀가 되기를 바라셨으니까요. 어머닌 아버지에게 잔소리를 해댔어요. "내가 뭘 살 때는 돈 걱정 안 해도 된다는 소리는 입 밖에 내지도 않으면서! 애 버릇을 저렇게 들여났으니 나중에 결혼이라도 하면 저 애 남편이 걱정이에요. 남편한테 해도, 달도 따다 바치라고 할 거 아녜요. 좋은 아내 되기는 글렀어요." (애정 어린 웃음소리를 내며) 가엾은 나의 어머니! (어울리지 않는 교태를 부리며 남편에게 미소를 보낸다.) 하지만 어머니 말은 틀렸어요, 안 그래요, 제임스? 나 그렇게 나쁜 아내는 아니었죠, 그리고 지금도 아니죠, 그렇죠?

티론 (억지 미소를 지으며 쉰 목소리로) 당신한테 불만이 있다는 게 아니오.

메리 (얼굴에 희미한 죄책감의 그림자가 드러난다.) 최소한 당신을 끔찍이 사랑해 왔어요. 그리고 내 나름의 방식이었겠지만 그렇게 최선을 다했어요, 그 상황에서는. (얼굴에서 그림자가 사라지고 수줍어하는 소녀 같은 표정이 돌아온다.) 그 웨딩드레스 때문에 드레스 디자이너랑 둘이서 정

151

말 죽도록 고생했던 기억이 나네요! (깔깔 웃으며) 내가 너무 까다로웠거든요. 결국 디자이너는 더 손을 댔다가는 드레스를 망칠지도 모른다면서 더는 못 고치겠다고 했고, 난 그녀를 내보낸 뒤 혼자 거울 속의 나를 들여다봤죠. 너무 만족스러웠고 허영심이 일었어요. 그래서 혼자 생각했죠. '넌 코랑 입이랑 귀가 약간 아니 너무 크지만, 눈과 머리칼과 몸매와 손이 그걸 보완해 주지. 넌 그이가 만난 어떤 여배우 못지않게 예뻐. 화장할 필요도 없을 만큼.' (잠시 멈추고, 기억을 되살리느라 미간을 찡그린다.) 그런데 내 드레스가 어디 있더라? 얇은 박엽지에 싸서 트렁크 어딘가에 넣어놨는데, 난 늘 딸이 하나 있었으면 했어요. 딸이 결혼할 때가 되면 그보다 아름다운 드레스를 살 수는 없을 테니까. 그리고 제임스 당신은 돈 걱정은 말라는 말을 할 사람이 절대 아니니까요. 싸구려로 하나 덥석 샀겠죠. 내 드레스는 보드랍고 반들거리는 새틴 천으로 지은 데다 더체스 레이스(duchesse lace)로 목과 소매로 주름 장식을 달고, 치마 뒷부분이 불룩해 보이게 주름을 잡은 부분에도 레이스를 달았죠. 윗도리는 몸에 꼭 끼게 만들어서 빳빳하게 심을 넣었고요. 가봉 때 허리를 최대한 가늘게 하려고 숨을 참고 있었던 기억이 나네요.

아버진 흰 새틴 슬리퍼에도 더체스 레이스를 달게 해주시고 면사포엔 오렌지꽃 레이스로 장식하도록 해주셨죠. 아, 그 드레스가 얼마나 좋았던지! 정말이지 너무도 아름다웠죠! 그런데 도대체 지금 어디 있지? 쓸쓸할 때면 가끔 꺼내서 보곤 했는데. 하지만 드레스만 보면 눈물이 나서 오래전에⋯. (다시 미간에 주름이 살짝 잡힌다.) 그걸 어디다 감춰놨더라? 다락에 있는 트렁크들 중 하나겠지, 뭐. 언제 한번 찾아봐야지. 입을 수는 있을까. (앞을 빤히 보며 말을 멈춘다. 티론은 절망적으로 고개를 저으며 한숨만 짓는다. 그는 이해해 달라는 마음을 갖고서 아들과 눈을 맞추려 하지만 에드먼드는 바닥만 내려다보고 있다.)

티론 (애써 태연한 목소리로) 저녁 시간 아니오, 여보? (힘없이 놀리며) 평소에는 맨날 늦는다고 잔소리만 늘어놓더니 막상 제시간에 오니까 저녁이 늦군요. (메리, 그 소리를 듣지 않는 듯하다. 티론, 여전히 유쾌하게 덧붙인다.) 먹진 못해도 마실 수는 있겠군. 술 따라 놓은 걸 깜빡했네. (술을 마신다. 에드먼드가 지켜본다. 티론, 인상을 쓰면서 날카로운 의심의 눈초리로 아내를 쏘아보며, 거칠게) 내 위스키 갖고 장난치는 게 누구야? 이 빌어먹을 술이 반은 물이잖아! 제이미는 나가 있었고, 걘 이렇게까지 심하게 장난을 치진 않지. 아무리 바보라도 금방 알 수 있어. 메

리, 대담해요! (화가 나고 혐오스러워서) 설마 당신 이젠 알

코올 중독까지….

에드먼드 그만요, 아버지! (어머니를 보지도 않으며 어머니에게) 캐슬

린하고 브리지트에게 주신 거죠. 그렇죠, 어머니?

메리 (아무래도 좋다는 듯 태연하게) 그럼, 물론이지. 박봉에 열

심히들 일하잖아. 내가 안주인이니 혹시라도 그만두

지 못하게 이렇게든 저렇게든 막아야지. 게다가 캐슬

린은 나랑 같이 시내에 나가서 약 심부름도 했으니 한

잔 주고 싶었다고요.

에드먼드 아니, 어머니! 걜 어떻게 믿어요! 세상 사람들이 다 알

았으면 좋겠어요?

메리 (고집스럽게 얼굴이 굳어지며) 뭘 알아? 내가 손에 관절염

이 걸려서 진통제를 쓴다는 거? 그게 왜 부끄러운데?

(비난 어린 강한 적개심을 가지고 에드먼드를 돌아본다. 복수심

에 불타는 적의에 가까우리만치) 네가 태어나기 전까지는

관절염이 뭔지도 몰랐어! 아버지한테 물어봐! (에드먼

드, 움츠러들면서 외면한다.)

티론 어머니 말 신경 쓰지 말거라. 아무 뜻 없이 하는 말이

니까. 손에 대해서 말도 안 되는 변명을 늘어놓기 시

작하면 현실을 잊어버리게 되니까.

메리 (묘하게 승리감에 찬 비웃는 미소를 지으며 남편을 돌아본다.)

당신이 그걸 이제야 깨닫다니 기쁘군요, 제임스! 그럼 이제 더 이상 과거를 들추진 않겠군요. 당신이나 에드먼드나! (느닷없이 초연하고도 사무적인 목소리로 바뀌어서) 왜 불을 켜지 않는 거예요, 제임스? 어두워지고 있어요. 당신이 불 켜는 걸 싫어한다는 건 알지만, 에드먼드가 전등 하나 정도 켜는 건 전기세와 크게 상관없다는 걸 증명해 보였잖아요. 나중에 양로원 갈까 봐 그렇게 인색하게 구는 건 말이 안 되는 것 같아요.

티론 (기계적으로 반응하며) 난 전등 하나 때문에 전기세가 많이 든다고 얘기한 적 없소! 계속 켜놓으니까 그런 거지. 여기저기에다. 그래 봤자 전기 회사 배만 불리는 거 아니겠소, 사실이잖아. (일어나서 독서등을 켠다. 거칠게) 당신한테 이것저것 이치를 따져봐야 무슨 소용이겠어. (에드먼드에게) 새로 한 병 갖고 올 테니 진짜 술로 한잔하자. (뒤쪽 응접실로 사라진다.)

메리 (남의 일처럼 재미있어하며) 하인들 눈에 띄지 않도록 몰래 돌아서 바깥 지하실로 갈 거야. 위스키를 지하실에 놓고 자물쇠를 채우는 걸 창피하게 여기니까. 에드먼드, 네 아버진 이상해. 난 오랜 세월이 걸려서야 네 아버지를 이해하게 됐지. 너도 아버지를 이해하고 용서하려고 노력해야 해. 구두쇠라고 경멸하지 말고. 네

할아버지는 미국으로 건너온 지 일 년쯤 되어서 할머니와 자식 여섯을 버리고 그길로 떠났다는구나. 아무래도 곧 죽을 것 같은데 아일랜드가 너무 그리워서 거기 가서 죽고 싶다면서 말이야. 그리고 아일랜드서 돌아가셨지. 네 할아버지도 특이한 분이셨던 모양이야. 그래서 아버진 열 살 때부터 기계 공장에 들어가서 일해야 했지.

에드먼드　(힘없이 반발하며) 제발요, 어머니. 기계 공장 얘기는 아버지한테 신물 나도록 듣고 또 들었어요.

메리　그래, 많이 들었지. 하지만 아버지를 이해하려는 노력은 단 한 번도 안 했잖니.

에드먼드　(못 들은 척하고, 비참하게) 제 말 좀 들어보세요, 어머니! 아직 그렇게까지 정신이 없진 않으신데도 다 잊으셨나 봐요. 의사가 뭐라고 했는지 묻지도 않으셨잖아요. 걱정도 안 되시나 봐요.

메리　(동요하며) 그런 말 하지 말아라! 마음 아프잖니!

에드먼드　저 심각한 병이래요, 어머니. 하디 선생이 분명하대요.

메리　(조소적이고 방어적인 완고함을 담아) 그 거짓말쟁이 돌팔이 늙은이 같으니라고! 그 얘긴 다 꾸며낸 거야!

에드먼드　(애처롭도록 슬픔에 잠겨) 전문의를 불러서 검사를 시켰어요. 확진을 내리려고요.

메리 (못 들은 척하며) 하디의 하 자도 그 얘긴 꺼내지도 말거라! 실력 있는 요양원 의사가 하디 선생 얘기를 듣고 그러더라! 그런 의사는 감옥에 처넣어야 한다고! 그런 의사한테 치료를 받는데도 제정신인 게 용하다더구나! 그래서 내가 그랬지. 한 번 미쳤었다고. 잠옷 바람으로 바다에 빠져 죽겠다고 뛰쳐나갔다고. 너도 기억나지, 응? 그런데도 그 돌팔이 하디 선생 말을 들으라는 거니? 아니야!

에드먼드 (신랄하게) 기억나죠. 그 일이 있고 나서 아버지와 형은 저한테 더 이상 숨길 수가 없다는 결정을 내렸던 거 아니에요. 형이 말해 줬어요. 전 형한테 거짓말쟁이라고 욕하면서 얼굴을 갈기려고 했어요. 하지만 거짓말이 아니란 걸 알고 있었죠. (목소리가 떨리고 눈가에 눈물이 그렁그렁 고이기 시작한다.) 그 뒤로 세상이 다 싫어졌단 말이에요!

메리 (가련하게) 그만. 우리 아가! 가슴이 이렇게나 찢어지는구나!

에드먼드 (기운 없이) 죄송해요, 어머니. 하지만 어머니가 먼저 얘길 꺼내셨잖아요. (그러곤 모질고도 완강하게) 어머니, 듣고 싶지 않으시더라고 말해야겠어요. 저 요양원에 들어가야 한대요.

157

메리 (자기에게 일어난 일이 아닌 듯 멍하게) 이렇게, 아니 그렇게 가버린다고? (격렬하게) 안 돼! 난 받아들일 수 없어! 이 나쁜 하디 선생 말이야, 나한테 한마디 상의도 없이 감히 그런 얘길 하다니! 네 아버지도 그렇지, 그러도록 내버려둔다는 게 말이나 돼! 자기가 무슨 권리로 그러는 거야? 넌 내 아기야! 네 아버진 제이미한테나 신경 쓰라고 해! (점점 더 흥분하고 증오에 차서) 네 아버지가 왜 널 요양원에 보내고 싶어 하는지 난 다 알아. 나한테서 떼어놓으려는 거야! 네 아버진 항상 그랬어. 아이들한테마다 질투했다고! 그래서 계속 구실을 만들어서 나를 애들한테서 떼어놓는 거라고. 바로 그래서, 그래서 우리 유진이 죽은 거야. 네 아버진 특히 너를 제일 질투해. 내가 널 제일 사랑한다는 걸 알기에….

에드먼드 (비참하게) 제발 이상한 소리 좀 하지 마세요, 어머니! 아버지 탓 좀 그만하시라고요. 새삼스럽게 왜 절 못 보내시겠다는 거예요? 제가 집을 떠났던 게 어디 한두 번인가요? 그래도 단 한 번도 슬퍼하시는 걸 본 적이 없는데!

메리 (신랄하게) 너도 그렇게 예민하지는 못하구나. (슬프게) 너도 짐작은 했겠지만, 네가 그걸—내 문제를—안다는 걸 안 뒤로는 네가 나를 볼 수 없는 곳으로 떠날 때마다 기뻐할 수밖에 없었단다.

에드먼드 (울먹이며) 어머니! 그만요! (갑작스레 손을 내밀어 메리의 손을 잡는다. 그러나 다시금 반감에 사로잡혀 곧바로 손을 놓아버린다.) 사랑한다는 말은 잘도 하시면서…. 얼마나 아픈지 말하려고 하면 들어주시지도 않고….

메리 (냉담하고 위협적으로 돌변하며) 그만, 그만, 이젠 그만해! 무식한 하디 선생이 늘어놓는 궤변 같은 건 듣고 싶지도 않다. (에드먼드, 움츠러든다. 메리, 억지로 놀리는 말투로 계속하지만, 속으로는 점점 부아가 치밀어오른다.) 넌 꼭 네 아버지로구나. 아무것도 아닌 일로 법석을 떨면서 극적이고 비장하게 구는 걸 좋아하는 게 딱이야. (경멸하듯 웃고는) 내가 조금이라도 응석을 받아주면 이제 죽는다고 엄살을….

에드먼드 그 병으로 죽는 사람도 있어요. 외할아버지도….

메리 (날카롭게) 여기서 갑자기 외할아버지 얘긴 왜 꺼내? 너랑은 경우가 다른데. 그냥 그분은 폐병이셨어. (화가 차서) 네가 그렇게 우울하고 병적으로 구는 거 난 딱 질색이다! 그리고 외할아버지 돌아가신 얘긴 꺼내지 말았으면 좋겠어, 알아들었니?

에드먼드 (굳은 표정으로, 험악하게) 그래요, 알아들었어요, 어머니. 차라리 못 듣는 게 낫지요! (의자에서 일어선 채로 비난하듯 어머니를 노려보며, 모질게) 가끔은, 정말이지 마약쟁이 어머니를 둔 게 너무 힘들어요! (메리, 움찔한다. 얼굴에서 핏기가 싹 가신 듯 석고상처럼 보인다. 에드먼드는 자신이 뱉은 말을 도로 주워 담고 싶은 심정으로 참담하게 더듬거린다.) 용서하세요, 어머니. 화가 나서 그랬어요. 어머니가 기분을 상하게 하셔서 나도 모르게. (잠시 멈춤. 무적 소리와 배들의 종소리가 울려퍼진다.)

메리 (마치 자동인형처럼 천천히 오른쪽 창가로 걸어간다. 밖을 내다보며 공허하고 아득한 목소리로) 저 끔찍한 무적 소리 좀 들어보렴. 종소리도. 안개가 끼면 왜 모든 소리가 이토록 슬프고 허무하게 들리는 걸까?

에드먼드 (울먹이며) 도, 도저히 더 있을 수가 없어요. 저녁은 안 먹어도 괜찮을 거 같아요. (앞쪽 응접실로 황급히 사라진다. 메리는 현관문 닫히는 소리가 들릴 때까지 창밖을 유심히 바라보고 있다가 돌아와 의자에 털썩 앉는다. 여전히 멍한 얼굴이다.)

메리 (멍하니) 이층에 가봐야겠어. 약 기운이 부족한 거 같아. (멈춤. 간절하게) 어쩌다 실수로 과다 투여를 했으면 좋겠어. 물론 일부러는 절대 못 하니까 말이야. 성모님이 절대 용서하지 않으실 테니까. (티론이 돌아오는 소리를 듣고 뒤돌아본다. 티론, 방금 마개를 뺀 위스키 병을 들고 뒤쪽 응접실을 통해 들어온다. 그는 화가 나서 씩씩댄다.)

티론 (노기가 등등해) 자물쇠가 온통 다 긁혔어. 주정뱅이 건달놈이 자물쇠를 따려고 철사로 쑤셔버린 게 분명해. 전에도 그러더니 왜 갑자기 또. (마치 큰아들과 끊임없이 머리싸움을 벌이고 있는 것처럼 만족스럽게) 이번엔 내가 이겼지, 뭐야. 전문가도 못 여는 특수 자물쇠를 달았으니까. (쟁반에 술병을 내려놓는다. 에드먼드가 없어진 걸 알고는) 에드먼드는 어디로 사라진 거야?

메리 (꿈꾸는 듯 멍한 태도로) 나갔어요, 그렇게 나가버렸네요. 제 형 찾으러 또 시내에 갔을 거예요. 주머니에 돈이 좀 남아 있을 테니 쓰고 싶어서 안달이 났나 보죠. 저녁 식사는 안 먹겠다는군요. 요즘 도통 입맛이 없는 건지…. (그러곤 고집스럽게) 그냥 여름 감기일 뿐인데. (티론은 아내를 빤히 보며 어쩔 수 없다는 듯 고개를 흔들고는 한잔 가득 따라 마신다. 메리, 더 이상 못 견디고 곧바로 흐느낀다.) 제임스, 난 너무 무서워요! (일어나서 남편을 부둥켜안으며 남편의 어깨에 얼굴을 묻는다. 흐느끼는 목소리로) 걘 죽을 거예요, 그렇겠죠!

티론 그런 소리 말아요! 그렇지 않아! 의사 말로는 6개월 안에 완치될 거랬소.

메리 그 말, 믿지도 않으면서! 당신 연극엔 이젠 더 이상 안 속아요! 다 내 잘못이에요. 걜 낳지 말았어야 했는데.

걜 위해서 차라리 그게 나았다니까요. 그럼 걔가 이 모진 어미 때문에 상처받는 일도 없었을 테니까. 제 엄마가 마약쟁이란 걸 알고 엄마를 미워하는 일도 없었을 테니까!

티론 (떨리는 목소리로) 그만, 메리, 제발, 그만! 걘 당신을 누구보다 사랑한단 말이오. 그건 당신도 어찌할 수 없는 저주였다는 걸 걔도 알고 있소. 당신을 어머니로서 자랑스럽게 여기고 있어요. (부엌문 열리는 소리에 황급히) 쉿! 캐슬린이 오고 있소. 우는 모습을 보이고 싶지 않겠지? (메리, 황급히 남편에게서 떨어져 오른쪽 창문으로 가며 눈물을 닦는다. 잠시 후 캐슬린이 뒤쪽 응접실 문간에 등장한다. 취해서 걸음걸이가 불안하고 실없이 히죽댄다.)

캐슬린 (티론을 보자 움찔 놀라 예의를 차려) 저녁 식사 준비됐습니다, 주인님. (굳이 목소리를 높여) 저녁 식사 준비됐습니다, 마님. (예의를 던져 버리고 티론에게 말을 붙인다.) 어머, 와 계셨네요. 이를 어째. 브리지트가 화내지 않아야 할 텐데! 제가 브리지트한테, 마님이 그러시는데 주인님께서 저녁 드시러 오시지 않을 거라고 했거든요. (티론의 나무라는 눈빛을 보고서) 그런 눈으로 보지 마세요. 제가 한잔하긴 했지만 훔쳐 먹은 건 아니라고요. 마님이 주신 거예요. (멈칫했지만 예의를 차린 동작으로 돌아서서 뒤쪽 응접실로 나간다.)

티론 (한숨을 쉰다. 그러나 배우다운 열성을 끌어내어) 자, 갑시다. 가서 어서 저녁 먹어야지. 몹시 시장한걸.

메리 (남편에게로 간다. 다시 석고상 같은 얼굴이 되었고 초연한 목소리다.) 미안하지만 전 아무것도 먹을 수가 없겠어요, 제임스. 손이 너무 아파요. 지금으로선 침대에 가서 쉬는 게 최선이에요. 잘 자요, 여보. (기계적으로 키스하고 앞쪽 응접실로 돌아선다.)

티론 (무자비하게) 올라가서 그 빌어먹을 독극물을 만나겠다는 거군. 이 밤이 끝나기 전에 다시금 미친 유령이 되고야 말겠어!

메리 (걸음을 옮기며 공허하게) 무슨 소리를 하는 건지 모르겠네요. 제임스, 당신은 취하면 꼭 그렇게 상스럽고 가혹한 말을 하죠. 당신도 애들하고 똑같아요. (앞쪽 응접실로 사라진다. 티론은 어찌할 바를 모르는 듯 잠시 그대로 서 있다. 그는 슬프고, 망연자실하고, 낙담한 늙은이의 모습 그 자체다. 식사를 하려는 듯 식당을 향해 지친 발걸음을 터벅터벅 옮긴다.)

막

제4막

같은 장소. 자정쯤, 현관등이 꺼져 있어서 앞쪽 응접실을 통해 들어오는 빛은 없다. 거실에는 탁자 위의 독서등만 켜져 있다. 창밖의 안개는 더욱 짙어진 듯하다. 막이 오르면 무적 소리가 들리고 뒤이어 배들이 뿜어내는 종소리가 들려온다.

티론은 탁자에 앉아 있다. 코안경을 걸치고 혼자 하는 카드놀이에 빠져 있다. 겉옷은 벗고 낡은 갈색 가운으로 갈아입었다. 쟁반 위 위스키병은 3/4이 비어 있다. 지하실에서 가지고 올라온 가득 찬 새 술병이 있기 때문에 여유분은 충분하다. 그는 취했고, 취한 사람답게 카드마다 매의 눈을 부릅뜨고 찬찬히 확인하고는 분명한 목적도 없이 카드놀이를 이어간다. 눈은 흐리멍덩하면서도 번들거리고, 입은 헤벌어져 있다. 위스키를 많이 마셨는데도 현실에서 도망치지 못하고 3막 마지막 장면에서처럼 절망감에 사로잡힌 슬프고도 좌절한 노인의 모습 그대로다.

막이 오르면, 게임을 끝내고 카드를 한데 모은다. 서툴게 카드를 섞다가 바닥에 두어 장을 떨어트린다. 어렵사리 주워 다시 섞기 시작하는데 누군가 현관문으로 들어오는 소리가 들린다. 코안경 너머로 앞쪽 응접실 방향을 바라본다.

티론 (쉰 목소리로) 누구? 에드먼드? ("네" 하는 에드먼드의 무뚝뚝한 대답. 그러곤 어두운 현관에서 무엇에 부딪혔는지 욕지거리를 해대는 소리. 잠시 후 현관등이 켜지고, 티론, 얼굴을 찌푸리며 말한다.) 불 끄고 들어와라. (에드먼드, 불을 끄지 않고 앞쪽 응접실로 들어온다. 취했지만 아버지처럼 겉으로는 별로 표시가 나지 않고 눈이 좀 풀린 데다 태도는 공격적이다. 티론, 안도해서 따뜻하게 환영한다.) 잘 왔구나. 혼자 쓸쓸했는데 마침 잘 되었어. (그러곤 화를 내며) 뻔히 알면서 밤새 이 애비 혼자 두고 저만 줄행랑이라니…. (신경을 곤두세우며) 그리고 내가 불 끄라고 했지! 지금 무도회라도 하려고? 이 밤중에 왜 집안을 휘황찬란하게 밝혀 놓는 게야. 돈만 낭비되게시리!

에드먼드 (발끈해서) 휘황찬란요! 겨우 등 하나 켰어요! 젠장. 어느 집이나 자기 전에는 현관등을 켜두잖아요. (무릎을 문지르며) 모자걸이에 부딪혀서, 이 무릎 좀 보세요, 어떤지.

티론 거실 불빛만으로 현관까지 다 보이는데 뭐가 불만이니. 정신이 말짱한데 앞을 왜 못 본다는 거야.

에드먼드 정신만 말짱하면요? 어이가 없어서!

티론 남들이 어떻게 하든 난 신경 안 써. 남한테 과시하고 싶어서 멍청하게 돈을 펑펑 써대고 싶은 인간들이야 얼마든지 그렇게 하라지!

에드먼드 고작 그냥 등 하나예요, 등, 등, 등! 젠장, 궁상 좀 그만 떨어요! 등 하나쯤은 밤새 켜놔도 술 한 잔 값도 안 나온다는 걸 정확하게 증명해 드렸잖아요!

티론 그런 계산 같은 건 집어치워! 내가 내는 고지서에 증거가 다 있으니까!

에드먼드 (아버지 맞은편에 앉아 경멸하듯) 그래요, 사실 같은 건 아무 의미도 없죠, 안 그래요? 아버지가 믿고 싶은 것, 그것만이 진실이죠! (조롱 섞인 어조로) 예를 들자면, 뭐가 있을까. 맞다, 셰익스피어는 아일랜드계 가톨릭 신자였죠.

티론 (고집스럽게) 맞아. 그의 작품에 모든 증거가 있어.

에드먼드 아뇨, 그렇지 않아요. 그의 작품들에 증거 같은 것도 없고요. 아버지 혼자 우기는 거지! (희롱조로) 웰링턴 공작, 그분 역시 훌륭한 아일랜드계 가톨릭 신자였죠!

티론 훌륭하다고는 안 했다. 변절자였으니까. 그래도 가톨릭 신자였던 건 사실이야.

에드먼드 틀렸어요. 아버진 그저, 아일랜드계 가톨릭 출신의 장
군이 나폴레옹을 물리쳤다고 믿고 싶은 것뿐이에요.
진실 따위는 중요하지 않지요.

티론 내가 왜 너랑 이런 입씨름이나 하고 있는 게냐. 내가
분명히 현관등 끄라고 했다.

에드먼드 들었어요. 하지만 그냥 켜둘래요.

티론 버릇없이 굴지 마! 내 말 들을래, 안 들을래?

에드먼드 안 들을래요. 그렇게 돈이 아까우면 직접 가서 끄시면
되겠네요!

티론 (위협적으로 화내며) 내 말 들어! 네가 가끔 정상이 아니
구나 생각하며 무슨 짓을 저질러도 용서하고 참아 왔
다. 여태 매 한 번 안 댔거늘. 하지만 참는 데도 한계
가 있지. 내 말대로 가서 불 꺼. 이건 마지막 경고야.
아무리 컸어도 따끔하게 매로 가르칠 건…! (문득 에드
먼드가 환자라는 사실을 깨닫자 즉시 미안하고 부끄럽게 여기며)
아버지를 용서해라. 깜빡 잊었어. … 그러니까 아버지
말은 최소한 들었어야지.

에드먼드 (역시 부끄러워져서) 됐어요, 아버지. 저도 죄송해요. 아
무 일도 아닌 걸 갖고, 심술부릴 자격도 없는데. 좀 취
한 모양이에요. 저 빌어먹을 불, 가서 끌게요. (일어서려
한다.)

티론   아냐, 그냥 있어라. 그냥 켜놔. (갑자기 비틀거리며 일어나더니 샹들리에의 전구 세 개를 켜기 시작한다. 어린애처럼 지독히도 극적인 자기 연민에 젖어) 불을 다 켜놓자! 휘황찬란하게! 까짓것! 어차피 양로원행인데 가려면 빨리 가는 게 낫지! (전구 세 개를 다 켠다.)

에드먼드   (유머 감각이 되살아나서 이 광경을 지켜본다. 히죽거리며 애정을 담아 놀란다.) 그거 마무리 대사로 멋지네요. (소리 내어 웃으며) 아버진 정말 대단하세요.

티론   (쑥스러워하며 앉고는 서글프게 투덜댄다.) 그래, 이 늙은 광대놈을 비웃어라! 불쌍한 삼류 배우 말이다! 그래도 내 인생의 막은 양로원에서 내려질 거고, 그건 희극이 아니겠지! (그래도 에드먼드가 계속 히죽거리자 화제를 돌린다.) 좋아, 입씨름은 그만. 넌 똑똑한 녀석이지. 아닌 척하려고 용을 쓰지만. 넌 돈의 가치를 배우게 될 거야. 건달 같은 네 형과는 다르니까. 걔는 정신 차리긴 글렀다. 그런데 그 녀석은 지금 어디 있는 거냐?

에드먼드   제가 어떻게 알아요?

티론   네 형을 만나러 다시 나간 줄 알았는데.

에드먼드   아녜요. 바닷가에 산책 갔다 왔어요. 아까 오후에 본 뒤로는 못 봤어요.

티론   내가 준 돈을 바보같이 네 형하고 나눴다면….

에드먼드 당연히 그랬죠. 형도 뭐든지 생기기만 하면 저를 챙기잖아요.

티론 그럼 보나 마나 창녀한테 달려갔겠군.

에드먼드 그럼 좀 어때요? 안 될 거 없잖아요.

티론 (경멸조로) 안 될 거는 없지만. 물론 걔한테 딱 맞는 데니까. 여자와 술밖에 모르는 놈이니까. 속으로는 어땠는지 몰라도 겉보기엔 높은 이상을 품어본 적도 없는 놈이지.

에드먼드 제발요, 좀, 아버지! 또 그 얘기 시작하시는 거라면 전 빠질래요. (일어서려 한다.)

티론 (달래며) 알았다, 알았어. 그래 그만하마. 나도 좋아서 하는 건 아니니까. 같이 한잔하겠니?

에드먼드 아! 이래야 얘기가 통하잖아요!

티론 (아들에게 술병을 건네며, 기계적으로) 너한테 술을 먹이면 안 되는데. 벌써 충분히 마셨을 거 같은데.

에드먼드 (한 잔 가득 따르며 약간 취기가 도는 목소리로) 충분히 배가 부르면 진수성찬을 먹은 것이나 다름 있다잖아요.[5] (술병을 아버지에게 돌려준다.)

티론 그 몸으로는 못 견딜 거다, 애야.

---

5 '충분히 배가 부르면 진수성찬을 먹은 것이나 다름없다'라는 속담의 패러디.

에드먼드 신경 꺼두세요. (잔을 들며) 자, 마시자고요.

티론 쭉 들이켜라. (두 사람, 벌컥벌컥 마신다.) 바닷가에 산책 갔다 왔다면 축축하고 춥겠구나, 어쩌냐.

에드먼드 가는 길에 술집에 들렀다 왔어요.

티론 나라면 이 밤에 멀리 산책 안 갈 텐데.

에드먼드 안개가 좋아서요. 안개 속을 걷고 싶었어요. (목소리와 얼굴에 좀 더 취기가 돈다.)

티론 아무리 그래도 분별력이 있어야 해, 얘야. 위험하게 다니지….

에드먼드 분별력. 뭐, 그거 있으면 뭐요? 어차피 우린 다 미친 거 아닌가요. (냉소적으로 다우슨[6]의 시 '길지 않으니'를 낭송한다.)

> 길지 않으리. 울음과 웃음,
> 사랑과 욕정과 증오는
> 우리, 죽음의 문 지나고 나면
> 그것들, 우리에게 더는 없으리니.
>
> 길지 않으리. 술과 장미의 시절도,

---

6 영국 출신의 탐미주의 시인. 결핵을 앓다가 서른셋 나이로 요절한다.

어느 어렴풋한 꿈에서

우리의 길 잠시 나타났다, 이내

어느 꿈속에서 닫히니.

(앞을 응시하며) 전 안개 속에 있고 싶었어요. 정원을 반만 내려가도 이 집은 보이지 않아요. 여기에 집이 있는지조차 모르는 거죠. 이 동네 다른 집들도요. 눈앞조차 구분할 수 없었어요. 아무도 만나지 않았죠. 그대로인 건 아무것도 없었으니까. 바로 제가 원하던 거라고요. 진실은 진실이 아니고 인생은 스스로에게 숨을 수 있는, 그런 또 다른 세상에 저 홀로 남겨져 있는 그 자체란 말이에요. 저 항구 너머, 해변을 따라 길이 이어지는 어느 곳에서는 땅 위에 있는 느낌조차도 없어졌죠. 안개와 바다가 마치 하나인 듯. 그래서 바다 밑을 걷고 있는 기분이랄까. 오래전 물에 빠져 죽은 것처럼. 안개의 일부가 된 유령이 바로 '나'고, 안개는 바다의 유령인 것처럼. 유령 속 유령이 되어버리니 끝내주게 마음이 편안했어요. (아버지가 걱정스러우면서도 못마땅해하는 눈길을 보내는 걸 보고 조롱하듯 히죽댄다.) 미친 놈 보듯 그렇게 보진 말아주세요. 맞는 말이잖아요. 세상 인생을 있는 그대로 보고 싶어 하는 사람이 과연

있을까요? 인생은 고르곤[7] 셋을 하나로 합쳐놓은 것과

별반 다를 바가 없지요. 얼굴을 보면 돌로 변하게 하

는 그 괴물들 말이죠. 아니면 판[8]이거나. 판을 보면 죽

게 되고— 영혼이 말이에요—유령처럼 살게 되죠.

티론 (감탄하면서도 동시에 반감이 생겨) 넌 시인 기질이 있지만

너무 병적이야! (억지 미소를 지으며) 빌어먹을 그놈의 염

세주의. 그렇잖아도 세상은 우울하기 그지없는데. (한

숨을 짓고는) 그깟 삼류 나부랭이는 집어치우고 셰익스

피어나 생각하럼. 셰익스피어 속에서 네가 하고 싶은

말을 찾을 수 있을 테니. 명언은 거기서 다 만날 수 있

잖니. (낭랑한 음성으로 인용한다.) "우리는 꿈 같은 존재,

우리의 짧은 인생은 잠으로 완성되나니."[9]

에드먼드 (비꼬아서) 좋아요! 아름다워요. 하지만 제가 하려던 말

은 그게 아닌데. 우리는 거름 같은 존재, 그러니 실컷

마시고 잊어버리자. 이게 더 제 생각에 가깝지요.

티론 (넌더리가 나서) 그런 감성적인 소리는 하지 말아라. 괜

히 술을 더 먹였다니까.

---

7 그리스 신화에 등장하는 괴물들. 세 자매이며 머리카락이 뱀으로 이루어져 있는 등 소름
끼치도록 무서운 형상이며, 많이 알려진 메두사가 그중 하나.

8 그리스 신화에 등장하는 숲과 목축의 신. 염소의 뿔과 다리를 지녔다.

9 셰익스피어, 《템페스트》 4막 1장에서.

에드먼드 술기운이 확 오르는데요. 좋아요. 아버지도 그렇고. (히죽대며 애정을 담아 놀린다.) 그래도 아버진 한 번도 공연을 빼먹으신 적은 없지요! (공격적으로) 취하는 게 뭐 나쁜가요. 우리 취하려고 마신 거 아녜요, 예? 아버지. 서로 피차 솔직해지자고요, 오늘 밤만은. 우린 둘 다 잊고 싶은 게 있으니까요. (황급히) 하지만 그 얘긴 하지 맙시다. 이젠 소용없으니.

티론 (기운 없이) 그래. 우리가 할 수 있는 거라곤 포기하는 것뿐…, 또다시라도.

에드먼드 아니면 취해서 다 잊든지. (시먼스가 번역한 보들레르의 산문시 '취하라'를 신랄하고도 풍자적으로 멋지게 낭송한다.)

늘 취해 있었다. 다른 건 상관없어. 그것만이 문제다. 그대의 어깨를 짓눌러 땅바닥에 짓이기는 시간의 깜찍한 짐을 느끼지 않으려거든 쉼 없이 취하라. 무엇에 취하느냐고? 술에든, 시에든, 미덕에든, 그대 원하는 대로. 그저 취해 있어라.

그러다 이따금 궁전의 계단에서나, 도랑가 풀밭에서나, 그대 방의 적막한 고독 속에서 깨어나 취기가 반쯤 혹은 싹 가셨거든 바람에게나, 물결에게나, 별에게나, 새에게나, 시계에게나, 그 무엇이든 날아가

거나, 탄식하거나, 흔들리거나, 노래하거나, 말하는
것에게 물어보라, 지금 무엇을 할 시간인지 그러면
바람은, 물결은, 별은, 새는, 시계는 대답하리라. '취
할 시간이다! 취하라, 시간에 고통받는 노예가 되지
않으려거든 쉼 없이 취하라! 술에든, 시에든, 미덕에
든, 그대 원하는 것에.

(아버지를 약 올리듯 계속해서 히죽거린다.)

티론 (잔뜩 익살을 떤다.) 내가 너라면 미덕에 대해서는 걱정
조차 하지 않을 텐데. (그러곤 넌더리를 내며) 쳇! 병적인
헛소리 같은! 그 속에 눈곱만큼이라도 진리가 들어 있
다면 셰익스피어에 고상하게 표현되어 있을 거다. (그
러곤 이해하려는 태도로) 그래도 낭송은 정말로 훌륭했단
다. 누가 쓴 것이더냐?

에드먼드 보들레르요.

티론 처음 듣는 이름인걸.

에드먼드 (약 올리듯 히죽거리며) 그는 제이미 형과 불야성[10]에 관
한 시도 썼는걸요.

티론 그 건달 같은 놈! 막차 놓쳐서 돌아오지 못했으면 싶

---

10 뉴욕 브로드웨이의 속칭.

은 녀석.

에드먼드 (못 들은 듯 계속 이어서) 그는 프랑스인이고 브로드웨이
는 가본 적도 없고 제이미 형이 태어나기도 전에 죽었
지만 말이에요. 그런데도 그는 형과 뉴욕에 대해 알고
있었어요. (시먼스가 번역한 보들레르의 《파리의 우울》 중에서
에필로그를 암송한다.)

고요한 마음으로 가파른 산성 꼭대기에 올라
탑에서 보듯 도시를 내려다보았다.
병원과 매춘굴과 감독과 지옥 같은 장소들,
악의 꽃처럼 조용히 피어나는 곳.
오, 사탄이여, 내 고통의 수호자여, 그대는 알리라.
나 그때 헛된 눈물을 뿌리기 위해 오른 것이 아님을.

늙고 쓸쓸하고 충실한 호색가처럼,
저 거대한 매춘부에게서 기쁨을 마시기 위해서임을,
그녀의 끔찍한 아름다움은 내 젊음을 되찾아 주다니.

그대, 낮의 짙은 안개 속에서 자고 있거나,
아니면, 새로이 단장하고 아름다운 저녁의 금빛 레
이스 베일 속에 서 있거나,

나 그대를 사랑한다, 치욕의 도시여!

창녀들과 쫓기는 자들도

그들 나름의 쾌락을 줄 수 있거든

속된 무리는 결코 알지 못한다.

티론 (질색하며) 병적인 외설물이야! 도대체 문학을 향한 취미가 그게 뭐냐? 외설에, 절망에, 염세주의까지라니! 이 사람도 무신론자겠군. 신을 부정하는 건 희망을 부정하는 거나 다름없어. 그게 바로 네 문제라는 것이다. 무릎을 꿇고서….

에드먼드 (못 들은 듯 냉소적으로) 형하고 똑같지 않나요? 자신에게 쫓기고 술에 쫓긴 형이, 어느 뚱뚱한 창녀와ー형은 뚱뚱한 여자를 좋아하거든요ー브로드웨이 호텔방에 숨어 그녀에게 어니스트 크리스토퍼 다우슨의 '시나라'를 들려주죠. (조롱하듯, 그러나 잔뜩 감정을 담아 암송한다.)

밤새 내 가슴 위에서 그녀의 따뜻한 가슴이 고동치는 것을 느꼈네,

밤새 내 품에서 그녀는 사랑과 잠에 취해 누워 있었네.

돈으로 산 그녀의 붉은 입술의 키스는 정녕 달콤했지만

잠에서 깨어 먼동이 트는 것을 보자

난 쓸쓸했고 옛사랑이 그리웠네,

시나라여! 나 그대에게 충실했네. 내 방식대로

(조롱하듯) 저 가련한 뚱보는 한마디도 이해 못 하면서
자기를 모욕하는 시라고 생각하죠! 그리고 형은 평생
시나라 같은 여자를 사랑해 본 적도, 한 여자에게 충실
한 적도 없죠. 자기 방식대로라도 말이에요! 그런데도
거기 누워서 자기가 우월한 존재라는 착각에 빠져 '속
된 무리는 결코 알지 못한다'를 즐기고 있는 거예요!
(소리 내어 웃는다.) 미친 짓이죠, 완전히!

티론　(멍하니 쉰 목소리로) 그래, 광기야. 네가 무릎 꿇고 기도
할 수 있다면 좋을 텐데. 신을 부정하는 건 온전한 정
신을 부정하는 거나 마찬가지란다.

에드먼드　(그 말을 무시하고) 그럼 전 누구한테 우월감을 느끼는 걸
까요? 저도 그 짓을 해왔는데 말이지요. 그래도 다우
슨이 했던 미친 짓보단 낫지 않을까요. 그는 압생트를
퍼마시고 숙취에 시달리다가 영감을 얻어 어느 멍청
한 술집 여급한테 이 시를 써서 바쳤는데, 그 여자는
다우슨을 가난하고 미친 주정뱅이로 여기고 그를 퇴
짜 놓고 웨이터랑 결혼했다더군요! (소리 내어 웃는다. 그

러곤 진심으로 동정하며 진지하게) 불쌍한 다우슨. 술과 폐
병으로 죽었으니까요. (움찔하더니 잠시 비참하고 겁먹은 얼
굴로, 이내 방어적으로 비꼬는데) 이제 화제를 돌리는 게 현
명하겠어요.

티론   (쉰 목소리로) 좋아하는 작가들이라는 것들이 어디 하나
같이…. 저 빌어먹을 책들! (뒤쪽의 작은 책장을 가리키며)
볼테르, 루소, 쇼펜하우어, 니체, 입센! 무신론자에, 사
기꾼에, 미친놈들뿐이라니까! 시인들도 마찬가지고!
지금 말한 다우슨, 보들레르, 스윈번, 오스카 와일드,
휘트먼, 포! 죄다 매춘부나 찾아다니는 타락한 인간
들! 쳇! 셰익스피어 전집을 세 질이나 들여놨는데 아
무 소용이 없군. (그러면서 큰 책장을 턱으로 가리킨다.)

에드먼드   (약 올리듯) 셰익스피어도 주정뱅이였다는데요.

티론   거짓말하지 말아라! 셰익스피어도 술을 즐기긴 했겠,
당연하지 않겠니. 그건 진짜 사나이들의 약점 아니겠
냐. 하지만 주도를 아는 사람이라 술 때문에 병적인 생
각에 물들거나 타락하지는 않았어. 셰익스피어를 네
가 말한 그러한 인간들과 비교하지는 마. (그러면서 다시
작은 책장을 가리킨다.) 추접한 졸라! 마약쟁이 단체 가브
리엘 로제티! (움찔하면서 찔리는 얼굴이 된다.)

에드먼드   (방어적으로 냉담하게) 화제를 바꾸는 게 현명하겠네요.

(멈춤) 저한테 셰익스피어를 모른다고 하실 순 없을 거니까요. 언젠가 내기를 한 것 기억하시지요? 그때 제가 5달러를 땄잖아요. 아버진 옛날 옛적에 극단에 계셨을 때 일주일 안에 주연 대사를 다 외웠다면서 저보고는 그렇게 못 할 거라고 하셨죠. 하지만 전 아버지의 큐에 맞춰서 《맥베스》 대사를 한 글자도 안 틀리고 정확하게 외웠잖아요.

티론 (만족해하며) 맞아, 그랬지, 맞아. (놀리듯 미소 짓지만 곧 한숨짓는다.) 기억나는구나. 얼마나 엉망으로 대사를 읊는지 들어주기가 정말 곤욕이었지. 차라리 그만 시키고 그냥 돈이나 주고 싶은 생각이 굴뚝 같더라. (티론은 킬킬 웃고 에드먼드는 히죽거린다. 이층에서 무슨 소리가 나자 티론, 움찔한다. 곧장 두려워하며) 무슨 소리 못 들었니? 네 어머니 소리겠구나. 자고 있기를 바랐는데.

에드먼드 신경 쓰지 마세요! 한 잔 더 어때요? (팔을 뻗어 술병을 집어서 한 잔을 더 따른 뒤 아버지에게 술병을 다시 건넨다. 아버지가 술을 따르는 동안 무심코 묻듯이) 어머니는 언제 주무시러 올라가셨대요?

티론 네가 나가고 곧바로. 저녁도 안 먹더구나. 넌 왜 그렇게 뛰쳐나갔니?

에드먼드 아네요. (갑자기 술잔을 들며) 자, 드시죠.

티론 (기계적으로) 쭉 들이켜라. (두 사람, 술을 마신다. 티론, 다시 이층에서 나는 소리를 듣고는 두려워하며) 네 어머니가 많이 움직이는구나. 제발 여기로 내려오진 않았으면 좋겠는데.

에드먼드 (멍하니) 예, 그러게요. 이젠 과거를 거침없이 헤매는 유령이 되어 계실 테니까요. (잠시 멈춘 후, 서글프게) 제가 태어나기 전으로 돌아가….

티론 나한테는 안 그러는 줄 아니? 나를 만나기 전으로 돌아가야겠다고 그러는 걸 보면 네 어머니한테 행복했던 시절은 네 외할아버지 집에서 살던 때나 수녀원 여학교에서 기도하고 피아노나 치면서 살던 때밖에 없었던 것 같다. (비꼬는 말 속에 질투 어린 분노가 담겨) 전에도 말했지만, 네 어머니의 옛날 얘기는 좀 과장이 섞였어. 집도 대단했던 것처럼 얘기하지만 평범했던 게 사실이야. 그리고 네 외할아버지도 네 어머니 말처럼 그렇게 훌륭하고 관대하고 고귀한 아일랜드 신사는 아니었어. 물론 좋은 분이었고 사교성도 좋고 말솜씨도 뛰어났지만 말이다. 나도 그분을 좋아했고 그분도 나를 좋아했어, 암 그렇고 말고. 그리고 식품 도매상을 해서 부유한 편이었고 능력도 있었지. 하지만 그분에게도 결점은 있었어. 네 어머니 말이야. 내가 술 마시는 거 갖고 언제나 나무라지만 네 외할아버지 술 좋아하셨던 건 잊어버리고 그러는 거야. 네 외할아버지가 마흔이 되실 때까지 술을 한 방울도 입에 안 대셨던 건 사실이지만 그 뒤로 그동안 못 마셨던 걸 다 마셔버렸지. 그분은 샴페인만 드셨는데 상태가 심각했어, 어쩔 수 없었지만. 샴페인만 마시는 걸 대단히 고상한 취미인 것처럼 생각하셨으니까. 그런데 그것 때문에 일찍 돌아가셨어. 거기다 폐병이…. (죄스러운 눈길로 아들을 흘낏 보며 말을 끊는다.)

에드먼드 (냉소적으로) 불쾌한 화제를 피할 수가 없네요, 그렇죠?

티론 (슬프게 한숨을 지으며) 그래, 그렇구나. (애처로운 정도로 쾌활해지려 애쓰지만) 카지노 게임이나 하는 게 어떻겠니?

에드먼드 좋아요.

티론 (서툴게 카드를 섞으며) 네 형이 막차로 돌아올 때까지 문 잠그고 못 자니까…. 차라리 들어오지 않는 것이 낫겠지만서도. 어쨌거나 네 어머니가 잠들기 전에는 이층에 올라가고 싶지 않구나.

에드먼드 저도 마찬가지예요.

티론 (카드를 돌릴 생각은 하지 않고 서툰 솜씨로 계속 섞기만 한다.) 방금 전에도 말했다시피 네 어머니의 옛날 얘기는 분명 과장이 다소 섞였어. 피아노를 좋아해서 피아니스트가 꿈이었다는 것도 그래. 수녀들이 치켜세워서 그렇게 된 거야. 네 어머닌 신앙심이 깊어서 수녀들의 사랑을 독차지했거든. 어쨌거나 수녀들은 세상 물정에는 어둡지. 그들은 피아노에 재능 있는 사람 중 피아니스트로 성공하는 사람은 100만 명 중에 하나 꼴도 안 된다는 걸 몰랐지. 네 어머니가 여학생치고는 피아노를 잘 친 건 사실이지만 그렇다고 피아니스트가 된다는 보장이 있던 것은….

에드먼드 (날카롭게) 하실 거면 빨리 돌리세요.

티론 어? 그래. (거리 감각을 거의 상실한 상태로 패를 돌린다.) 수녀가 됐을지도 모른다는 것도 말이 안 돼. 네 어머닌 빼어난 미인이었어, 그건 사실이야. 본인도 잘 알고 있었지. 그리고 겉으로는 수줍어하면서 얼굴을 붉혔지만 속으론 바람둥이 기질도 좀 있었어. 네 어머닌 속세를 등질 사람이 못 됐어. 건강과 정력과 연애 감정이 넘쳤으니까.

에드먼드 제발요, 아버지! 왜 카드 안 집으세요?

티론 (카드를 하나 집으며 멍청하게) 자, 패가 어떻게 들어왔는지 보자꾸나. (두 사람, 자기 패를 열심히 보지만 눈에 들어오지 않는다. 게임은 시작된다. 티론, 속삭인다.) 가만, 잠시만!

에드먼드 어머니가 내려와요.

티론 (황급히) 게임이나 계속하자, 못 본 척하면 금방 도로 올라갈 거야.

에드먼드 (앞쪽 응접실을 통해 보면서 안도한 목소리로) 안 보여요. 내려오다가 도로 올라가셨나 봐요.

티론 다행이다.

에드먼드 그래요. 지금쯤 엉망이 되셨을 텐데 그런 어머니를 보는 건 정말 끔찍해요. (고통에 싸여) 제일 참기 힘든 건 어머니가 보이지 않는 벽에 둘러싸여 있는 거예요. 짙은 안개 속에 숨어 그곳에서 헤맨다는 표현이 더 어울리겠어요. 고의적으로라도 말이지요. 그게 사람을 죽이나 봐요! 고의적으로 그런다는 건, 우리 손이 닿지 않는 곳으로 가서 우리한테서 벗어나, 우리가 살아 있다는 걸 잊으려는 거죠! 그러니까 마치, 우리를 사랑하지만 동시에 증오하는 것이라고 할까요!

티론 (점잖게 타이르며) 자, 자, 에드먼드. 그건 네 어머니 잘못이 아니란다. 그 빌어먹을 독극물 같은 것 때문이지.

에드먼드 (신랄하게) 그런 효과를 노리고 마약을 하는 거잖아요. 적어도 이번엔 그래요! (느닷없이 갑자기) 제 차례예요, 예? 여기요. (카드 패를 내놓는다.)

티론 (기계적으로 게임하며 점잖게 꾸짖는다.) 네 어머니 말이다. 겉으론 안 그런 척 애쓰지만 네 병 때문에 잔뜩 겁먹었

어. 그러니까 너무 심하게 그러지는 말거라. 네 어머니
탓이 아니잖아. 그 저주받은 독약에 한 번 빠지면….

에드먼드 (표정이 굳어지며 격한 비난의 눈길로 아버지를 쳐다본다.) 그
러니까 애초에 그런 일이 없게 했어야죠! 어머니 탓
이 아니란 건 저도 아주 잘 알아요! 누구 탓인지도 알
고요! 바로 아버지예요! 아버지의 그 빌어먹을 인색함
때문이라고요! 어머니가 저를 낳고 심하게 아팠을 때
괜찮은 의사를 불렀다면 어머니는 세상에 모르핀이
존재하는지도 몰랐을 거예요! 그런데 아버진 호텔 돌
팔이한테 어머니를 맡겼고, 그 돌팔이는 자기가 무식
하다는 걸 인정하기 싫어서 제일 쉬운 방법을 쓴 거예
요. 나중에 어머니가 겪게 될 일 같은 건 신경도 쓰지
않고요! 그게 다 싸구려 의사를 불렀기 때문이었죠!
아버지는 맨날 싸구려만 찾으니까!

티론 (찔리지만 화내며) 조용히 해, 이 녀석아! 어디서 알지도
못하는 소리를 지껄이는 거야! (화를 억누르려고 애쓰면서)
내 입장도 생각해 줘야지. 그놈이 그런 돌팔인지 내가
어떻게 알았겠니? 평판이 좋아서 그냥….

에드먼드 호텔 바의 주정뱅이들 사이에서나 평판이 좋았겠죠!

티론 억지 소리 좀 멈춰라! 호텔 사장한테 제일 잘 보는 의
사로 소개해 달라고….

에드먼드 그러셨겠죠! 양로원 타령으로 싸구려를 원한다는 뜻

을 비치면서 말이죠! 아버지 수법은 이제 훤하게 다

알아요! 아까 그 일을 보고도 모른다면 말이 안 되죠!

티론 (죄책감을 느끼며 방어적으로) 아까 그 일이라니?

에드먼드 그만두세요. 지금은 어머니 얘기를 하고 있는 거니까!

제 말은, 아버지가 아무리 변명해도, 결국 돈 때문에

벌벌 떨다가 어머니를 저 지경으로 만들었다는 걸 아

버지 자신도 잘 알고 있고….

티론 내 말은, 그게 다 헛소리라는 거야! 당장 입 닥치지 않

으면 가만두지….

에드먼드 (못 들은 척) 어머니가 모르핀 중독이라는 걸 알았을 때

왜 치료를 안 시켰어요? 초기에는 고칠 수 있었을 텐

데 말이에요. 돈이 들까 봐 그랬겠죠! 어머니한테 의

지력으로 이겨내는 도리밖에 없다고 했겠죠! 아버진

아직까지도 속으로 그렇게 믿고 있을 거예요. 약물중

독에 대해 잘 아는 의사들이 아무리 설명해 줘도….

티론 또 억지 소리 나불거리는구나! 나도 이젠 알아! 하지

만 그때야 어떻게 알았겠니? 내가 모르핀에 대해 뭘

알았겠어? 그리고 모르핀 중독이란 것도 몇 년이 지나

서야 알았어. 난 그저 네 어머니 아픈 게 안 낫는 줄로

만 알았어. 왜 치료를 안 시켰냐고? (통렬하게) 치료를

안 시켰다고? 치료비로 수천 달러나 까먹었어! 다 헛
돈 쓴 거지. 치료해서 어떻게 됐는 줄 알아? 번번이 말
짱 도루묵이었어.

에드먼드 그거야 어머니가 약을 끊고 싶도록 만들어주지 않았
으니까요! 집이라고 있는 건 어머니가 좋아하지도 않
는 곳에 지어놓은 잘난 여름 별장 하나가 전부고, 게
다가 어찌나 돈이 아까우셨는지 제대로 꾸미지도 않
고. 그저 땅이나 사들이고, 금광이 있느니 은광이 있
느니 일확천금을 벌게 해준다는 허풍쟁이 사기꾼들한
테 당하기나 하고. 순회공연 다닐 때마다 끌고 다니면
서 말동무도 없는 지저분한 호텔 방에서 밤이면 밤마
다 술집 문 닫는 시간이 돼야 고주망태가 되어 들어오
는 아버지를 기다리며 살게 했잖아요, 내 말이 틀렸어
요? 젠장, 그러니 어디 약 끊을 마음이 들겠어요. 빌어
먹을, 그 생각만 하면 아버지가 미워서 견딜 수가 없다
니까요!

티론 (고통에 짓눌려) 에드먼드! (그러곤 벌컥 화내며) 아비한테
하는 말버릇이라곤. 이 버르장머리 없는 놈! 저한테
해준 은혜도 모르고.

에드먼드 말이 나왔으니, 아버지가 지금 저를 위해 하고 있는 일
에 대해 얘기해 보죠!

189

티론 (다시 찔리는 표정이 되어, 아들의 말을 못 들은 척하고) 네 어머니가 독만 들어가면 늘어놓는 말도 안 되는 비난을 너한테까지 들어야 하겠니? 난 네 어머니, 억지로 끌고 다닌 적 없다. 당연히 함께 있고는 싶었지. 네 어머니를 사랑했으니까. 네 어머니가 따라다닌 건 나를 사랑해서, 나와 함께 있고 싶어서였어. 네 어머니가 제정신이 아닐 때 뭐라고 떠들든 진실은 그거야. 그리고 네 어머닌 쓸쓸할 이유가 없었어. 본인만 원하면 극단 사람들과 언제든지 말동무를 할 수 있었으니까. 게다가 너희들도 있었고. 내가 우겨서 유모까지 데리고 다녔어.

에드먼드 (신랄하게) 그래요. 아버지가 돈을 아끼지 않은 건 그거 하나였죠. 아버진 어머니가 우리한테만 신경 쓰는 게 질투가 났으니까요. 우리가 거치적거리는 게 싫었으니까요, 맞잖아요! 그것도 실수였어요! 만일 어머니 혼자 저를 보살펴야 했다면 다른 생각을 할 겨를이 없어서….

티론 (그 말에 앙심을 품고) 너 자꾸 그렇게 네 어머니가 제정신이 아닐 때 하는 말들을 갖고 내게 따지니까 다시 한번 말하겠는데, 네 어머닌 말이야, 너만 태어나지 않았으면…. (스스로가 부끄러워져서 얼른 말을 끊는다.)

에드먼드 (갑자기 지치고 비참한 모습으로) 그럼요. 어머니가 그런 생각을 하는 거 저도 안다고요, 아. 버. 지.

티론 (참회하면서 항변한다.) 아니다! 네 어머니는 그 어떤 어머니 못지않게 널 사랑해! 이 아비가 홧김에 헛소리하고 말았구나. 네가 지나간 일을 들추면서 아비가 미우니 어쩌니 하면서 부아를 돋우는 바람에 그만⋯.

에드먼드 (힘없이) 저도 진심으로 한 말은 아니었어요, 아버지. (갑자기 미소를 지으며 약간 취기 어린 소리로 농담을 건넨다.) 저도 어머니를 닮아서 아버지를 좋아하지 않을 수가 없는 건 사실이에요. 그 모든 일에도 불구하고.

티론 (약간 취기 어린 얼굴로 빙긋 웃어주며) 나도 너한테 같은 말을 해야겠구나. 넌 아들로선 그저 그렇긴 하지. 그러니 "변변치는 못해도 내 것이니"에 해당되겠구나. (두 사람은 취한 상태에서나마 진심으로 애정을 가지고 킬킬 웃는다. 티론, 화제를 돌린다.) 이거, 게임은 어떻게 된 거야? 누구 차례더라?

에드먼드 아마 아버지 차례일 거예요. (티론, 카드 한 장을 내려놓자 에드먼드, 그것을 받는다. 그러나 게임은 다시 잊힌다.)

티론 아까 병원에서 들은 얘기 때문에 너무 낙담하면 안 된다. 의사 둘이 다 장담했어. 거기 들어가서 시키는 대로만 하면 6개월 안에 낫는다고 말이야. 길어야 1년이라고 하더라고.

에드먼드 (다시 표정이 굳어지며) 속일 생각 마세요. 아버지도 안 믿
으면서.

티론 (지나치게 열 내며) 왜 안 믿어. 당연히 믿지! 하디 선생만
그런 게 아니라 전문의도 그랬는데 왜…?

에드먼드 아버진 제가 죽을 거라고 생각하시잖아요, 진심으로.

티론 헛소리! 너 미쳤구나!

에드먼드 (더욱 쓸쓸하게) 그러니 뭐 하러 돈을 낭비해요? 그래서
저를 주립 요양원으로….

티론 (죄책감에 당황해서) 주립 요양원이라니? 내가 알기론 힐
타운 요양원이야. 두 의사 다 너한테 딱 맞는 데라고
그러더라.

에드먼드 (냉혹하게) 돈이 안 드니까요! 거긴 무료거나 거의 무료
일 거예요. 거짓말 마세요, 아버지! 힐타운 요양원이
주립 시설이란 걸 아버지가 모르긴 왜 몰라요! 아버지
가 또 하디 선생한테 양로원 타령을 했잖아요. 형이
다 알아냈어요.

티론 (씩씩거리며) 그 주정뱅이 건달놈! 당장 내쫓아버려려
지! 그놈들은 네가 말귀를 알아듣기 시작하면서부터
너를 붙들고 아비 욕만 했어!

에드먼드 주립 요양원 얘기는 사실이잖아요, 안 그래요?

티론 그건 네가 잘못 아는 거야! 주립이면 뭐가 어때? 나쁠 거 하나 없어. 주에 돈이 많아서 사립보다 시설도 더 좋게 해놨어. 그 혜택을 왜 못 봐? 내 권린데. 네 권리이기도 하지. 우린 주민이니까. 난 지주야. 그런 시설이 다 우리 돈으로 운영되는 거라고. 내가 세금을 얼마나 많이….

에드먼드 (신랄하게 비꼬며) 그렇죠. 25만 달러 상당의 땅인데.

티론 헛소리! 다 저당 잡힌 거야.

에드먼드 하디 선생이랑 그 전문의도 아버지 재산이 얼마나 되는지 다 알고 있어요. 아버지가 양로원 타령을 하면서 저를 자선 기관에 맡기고 싶다는 뜻을 비추었을 때 그들이 아버지에 대해 어떻게 생각했을지 궁금하네요!

티론 헛소리 그만하거라! 난 땅만 가졌지 가난뱅이나 다름 없기에 백만장자들이나 가는 요양원에 보낼 형편은 못 된다고만 했어. 그게 사실이고!

에드먼드 그러고 나서 클럽에 가서 맥과이어한테 넘어가서 또 땅을 샀고요! (티론, 부인하려고 하자) 거짓말할 생각 마세요! 아까 호텔 바에서 맥과이어를 만났으니까. 형이 아버지한테 한 건 올렸냐고 농담하니까 눈을 찡긋하면서 웃더라고요!

티론 (자신 없이 거짓말한다.) 그런 말을 했다면 거짓말이고….

에드먼드 거짓말 마세요! (점점 맹렬하게) 제발요, 아버지. 저도 배를 타고 바다에 나가 제 손으로 벌어먹고 살게 되면서, 박봉을 위해 중노동을 하는 것이 어떤 건지, 빈털터리가 돼서 쫄쫄 굶으며 공원 벤치에 쪼그리고 자는 게 어떤 건지 알게 되면서 아버지를 이해하려고 애썼어요. 아버지가 어릴 때 고생했다는 것도 알고 있었으니까요. 아버지 입장에서 생각해 보려고 무진장 애썼다고요. 이 빌어먹을 집구석에선 그렇게 이해해 줘야지 안 그러면 돌아버리죠! 제가 했던 미친 짓들이 떠올라서 괴로우면 자신에게도 관대해지려고 애썼죠! 그리고 아버지에 대해서도 돈 문제에 대해서만큼은 어쩔 수가 없는 분이라고 이해하려 역시나 무진장 애썼어요. 바로 우리의 어머니처럼요. 하지만 이번 일은 너무 지나쳐요! 정말 구역질이 난다고요! 저한테 그런 식으로 인색하게 구는 게 섭섭해서가 아니에요. 그런 건 상관없어요! 저도 제 방식으로 아버지한테 못되게 굴었던 게 한두 번이 아니니까요. 하지만 폐병 걸린 아들 일인데 온 동네 사람들 앞에서 그렇게나 돈이 아까워서 벌벌 떠는 구두쇠 짓을 해야겠어요? 하디 선생이 동네방네 다 떠들고 다닐 걸 모르세요? 아버진 도대체 자존심도 없고 부끄러운 것도 몰라요? (분노가 거의 폭발 단계까지 다다라) 제가 그냥 넘어갈 줄 알아요? 아버지 땅 살 돈 아껴주려고 주립 요양원 같은 데 들어갈 줄 아냐고요! 이 지독한 구두쇠 영감…! (목이 메어 쉰 소리가 갈리듯 나오고 목소리가 분노로 떨리더니 갑자기 발작 기침을 해댄다.)

티론 (아들의 공격에 분노보다 후회가 더 커서 움츠러들어 있다가 더 듬거리며 말을 잇는다.) 조용히 해라! 그런 소리 하지 말고! 넌 취했어! 그러니 언짢게 여기지 않으마. 기침이 좀 가라앉아야지. 아무것도 아닌 일로 정말 미친 듯이 흥분하는구나. 누가 꼭 힐타운에 가랬어? 네가 가고 싶은 데로 가. 돈이 얼마나 들건 당연히 상관없어. 병만 나으란 말이야. 그리고, 난 의사들한테 멋대로 등쳐먹을 수 있는 백만장자로 보이기 싫어서 그런 것뿐이니까 지독한 구두쇠라고 부르지 마라. (기침을 그친 에드먼드, 아프고 쇠약해 보인다. 티론, 겁먹은 눈길로 그런 아들을 보면서) 기운이 하나도 없어 보이는구나. 한잔하는 게 좋겠다.

에드먼드 (술병을 들고 잔에 가득 따르며 가냘픈 목소리로) 고마워요. (위스키를 꿀꺽꿀꺽 마신다.)

티론 (술병이 빌 때까지 한 잔 가득 따른 다음 이어서 마신다. 고개를 떨구고 탁자 위 카드들을 멍하니 바라본다. 몽롱하게) 누구 차례지? (화를 잠시 멈추고 멍한 상태로 말을 잇는다.) 지독한 구두쇠 영감이라. 그래, 어쩌면 네 말이 맞는지도 모르지. 어쩌면 구제불능인지도 몰라. 돈이 좀 생긴 뒤로는 술집에서 다른 사람들 술값까지 내주면서 펑펑 돈을 쓰고 못 갚을 게 뻔한 인간들한테 돈이나 빌려주고 그러면서 살았지만…. (자조적인 냉소를 띠고) 물론 그건 술집에서 잔뜩 취해 있을 때 얘기지. 집에서 맨정신으로 있을 때는 도저히 그게 안 돼. 돈 귀한 걸 배운 것도 집에서고, 늙어서 양로원 들어가는 걸 겁내게 만든 것도 집에서였으니까. 그런 걸 알게 된 후로는 운이란 걸 믿을 수가 없었지. 갑자기 운이 바뀌어 가진 걸 다 잃게 될까 봐 항상 두려웠어. 그래도 땅은 많이 가질수록 안심이 되거든. 이치에 맞지 않는 얘긴지는 몰라도 난 그렇단다. 은행이 망하면 돈은 날아가지만 땅은 어디론가 사라지는 것도 아니잖아. (갑자기 아들을 깔보는 듯한 목소리로 바뀌어) 너 아까, 고생이 뭔지, 아비가 어렸을 때 얼마나 힘들었겠는지 알겠더라고 했지. 알긴 개뿔을 알아! 네가 어떻게 알아? 부족한 거 없이 컸는데. 유모에, 학교에, 대학까지 보내줬잖아. 중간에 그만둬서 그렇지. 먹을 걸 못 먹었나, 입을 걸 못 입었나. 하기야 노동을 좀 해보긴 했지. 외국 땅에서 돈 한 푼

없이 고생도 좀 했고. 그건 내가 높이 사겠다, 그래. 하지만 그건 어디까지나 네게는 낭만이고 모험이었어. 재미 삼아서 해본 거였잖아.

에드먼드 (멍하니 비꼰다.) 그래요. 특히 '지미 더 프리스트'에서 자살 기도를 했다가 진짜 죽을 뻔했을 때는요.[11]

티론 그때 넌 제정신이 아니었다. 내 아들이라면 절대 그런 짓은… 넌 완전히 취한 상태였어.

에드먼드 아주 말짱했어요. 그게 문제였죠. 너무 오래전부터 생각을 멈췄으니까.

티론 (술기운에 괴팍해져) 무신론자의 병적인 철학이 또 나오는구나! 듣고 싶지 않으니 그만두거라. 내 말은…. (냉소적으로) 네가 돈 무서운 걸 어떻게 알아? 내가 열 살이었을 때 내 아버지이자 네 할아버지는 어머니를 버리고 아일랜드로 돌아갔어. 고향에 가서 죽겠다며. 가서 바로 죽었지. 분명 천벌을 받은 거야. 지옥 불구덩이에나 떨어졌으면 좋겠다. 쥐약을 밀가루나 설탕 뭐 그런 건 줄 알고 잘못 먹었다나 뭐라나. 실수로 잘못 먹은 게 아니란 소문도 분명 있었지만 다 헛소리겠지. 우리

---

11 실제로 유진 오닐은 1911년 맨해튼에 있는 술집 겸 간이 숙소인 '지미 더 프리스트'에서 수면제를 먹고 자살을 시도했다.

집안에는 그런 짓을 할 사람이 없었어….

에드먼드 틀림없이 실수가 아니에요.

티론 또 그 병적인 헛소리! 네 형이 널 이렇게 물들여 놓은 거야. 걘 매사에 나쁜 쪽으로만 생각하고 그걸 진실이라 여기니까. 그 얘긴 그만두자. 그래서 우리 어머니는 나랑 나보다 몇 살 위였던 누나랑 어린 동생 둘, 이렇게 자식 넷을 데리고 낯선 땅에서 피눈물을 흘리며 살아야 했지. 형 둘은 이미 타지로 떠났고 우리를 도울 형편이 못 됐어. 자기들 입에 풀칠하기도 어려웠으니까. 그런 가난 속에서 낭만이란 것이 과연 있을까. 헛간 같은 집에서 두 번이나 쫓겨났다. 어머니의 몇 가지 되지도 않는 가구들이 길바닥에 내팽개쳐지고 어머니와 누이들은 서럽게 울었어. 난 그래도 집안의 가장이라 눈물을 보이지 않으려 애썼지만 울지 않을 수가 없더구나. 겨우 열 살이었으니까! 그 뒤로 학교도 못 다녔다. 기계 공장에서 하루 열두 시간씩 일하면서 서류철 만드는 기술을 배웠지. 천장이 새서 빗물이 뚝뚝 떨어지는 더러운 헛간 같은 데서, 여름에는 푹푹 찌는 듯이 덥고 겨울에는 난로도 안 때서 손이 얼고, 빛이 드는 데라곤 지저분한 작은 창 두 개뿐이라 흐린 날에는 서류철이 안 보여서 얼굴이 서류철에

닿을 정도로 잔뜩 몸을 구부리고 일했지! 그런데 네가 일 얘기를 해! 그렇게 일해서 내가 얼마를 받았는지 알아? 주급 50센트였어! 사실이다. 주급 50센트! 불쌍하신 어머니는 낮에 미국 사람들 집에 가서 빨래랑 청소를 하고, 누나는 재봉일을 하고, 어린 동생들은 집을 봤지. 그렇게 헐벗고 굶주리며 살았다. 그러나 어느 추수감사절에, 아니면 크리스마스 때였던가, 어머니가 빨래를 해주던 미국 사람 집에서 명절이라고 1달러를 더 줬는데, 어머닌 집에 돌아오는 길에 그 돈으로 몽땅 먹을 걸 사셨지. 그때 어머니가 우리를 부둥켜안고 키스하시며 피곤함에 지친 얼굴에 기쁨의 눈물을 흘리며 하시던 말씀이 아직도 생생해. "이렇게 고마울 데가! 우리 식구가 생전 처음 배불리 먹어보겠구나!" (눈물을 닦으며) 훌륭하고 용감하고 상냥한 분이셨지. 그렇게 용감하고 훌륭한 분은 없었어.

에드먼드 (감동해서) 그래요. 그러셨을 거예요.

티론 한 가지, 어머니가 겁내셨던 건 늙고 병들어서 양로원에서 죽는 거였지. (잠시 멈추고, 악의에 찬 농담을 한다.) 바로 그 시절에 구두쇠 버릇이 생긴 거란다. 그때는 1달러가 너무 큰 돈이었으니까. 버릇이란 일단 몸에 배면 고치기가 힘들지. 자꾸 싼 것만 찾게 돼. 그러니까 내가 값이 저렴해서 주립 요양원을 골랐다 하더라도 네가 어느 정도는 이해해 줘야 해. 그리고 진짜로 의사들이 거기가 좋은 데라고 했어. 믿어다오, 에드먼드. 네가 싫다면 절대 억지로 보낼 생각은 없었다. (열띤 목소리로) 가고 싶은 데로 마음대로 고르거라! 비용 같은 건 걱정하지 말고! 어느 곳이라도 보내줄 수 있으니까. 너만 좋다면 어디라도, 무리가 안 되는 선에서. (이 조건을 듣고서 에드먼드의 입술이 쓴웃음으로 씰룩거린다. 더 이상 분노하고 있지 않다. 티론, 무심코 생각난 것처럼 꾸며서 얘기를 이어간다.) 전문의가 다른 요양원도 한 군데 권하더라. 국내 여느 요양원 못지않게 치료 성적이 좋은 데라고 말이야. 돈 많은 공장주 단체에서 기금을 모아 자기네 직원들을 위해 운영하는 곳인데, 너도 이곳 주민이니까 자격이 된다고 하더라. 그 단체는 돈을 쌓아 놓고 있기 때문에 싸게 받는 것이라고 하더라. 일주일에 겨우 7달러라는 거야. 그 열 배 가치는 해주면서. (황급히) 너를 설득하고 싶은 생각은 없으니 오해는 말기를. 그냥 들은 대로 말하는 것뿐이야.

에드먼드   (미소를 감추며 아무렇지도 않게) 알아요, 아버지. 괜찮은 것 같네요. 거기로 가고 싶어요. 그럼 해결됐네요. (갑자기 다시 비참할 정도로 절망하며, 멍하니) 어쨌거나, 이제 그런 건 상관없어요. 그 얘기 그만하자니까요! (화제를 돌린다.) 게임은 어떻게 됐어요? 이제 누구 차례죠?

티론 (기계적으로) 모르겠다. 내 차례 같은데. 아니, 네 차례구나. (에드먼드, 카드를 낸다. 티론, 그 카드를 받는다. 그는 게임을 계속하려다가 다시 딴 생각에 빠진다.) 그래, 어쩌면 인생의 교훈이 너무 지나쳐서, 그래서 돈의 가치를 너무 크게 생각하는 바람에 결국 배우 인생을 망치게 된 건지도 모르지. (슬프게) 이건 누구한테도 인정한 적이 없지만 오늘 밤은 너무 가슴이 아프고 인생이 다 끝난 기분이라…. 공연히 자존심 세우고 아닌 척해도 무슨 소용이겠니. 거저 얻다시피 한 그 빌어먹을 작품이 흥행에 엄청나게 성공하는 바람에 그걸로 쉽게 돈을 벌수 있겠다는 생각이 가득했기에 내 손으로 무덤을 판거지 뭐. 다른 작품은 하고 싶지도 않았어. 나중에 정신을 차리고 내가 그놈 것의 노예가 된 걸 깨달은 뒤 다른 작품들을 시도해 봤지만, 너무 늦었던 거야. 그역의 이미지가 너무 굳어져 다른 역할이 먹히질 않았어. 당연하지. 몇 년 동안 편하게 한 역만 하면서 다른역은 해보지도 않고 노력도 안 하다 보니 예전의 그뛰어난 재능을 잃고 말았으니까. 식은 죽 먹기로 시즌당 3만 5,000에서 4만 달러씩 순이익이 나는데 그 유혹을 차마 뿌리칠 수가 없더라니까. 그 빌어먹을 작품을 시작하기 전에는 미국에서 세 손가락, 네 손가락 안에 드는 전도유망한 배우로 인정받았었는데 말이야. 그건 피눈물 나는 노력의 결과였단다. 오직 연극 그 자체가 좋았으니 기계공이라는 안정된 직업도 포기하고 단역 배우로 뛰어들었던 거야. 그땐 야망에 활활 불탔었다. 희곡이란 희곡은 죄다 읽기도 했지. 셰익스피어는 성경 공부하듯 공부했어. 오직 독학으로 말이야. 아일랜드 사투리도 싹 없앴단다. 난 셰익스피어를 사랑했어. 그의 작품이라면 무일푼이라도 하고 싶어 했어. 그의 위대한 시 속에서 살아가는 기쁨만으로도 만족했으니까. 그리고 난 그의 작품들을 할 때 연기를 잘했던 게 사실이야. 그에게서 영감을 얻는 것 같았거든. 그렇게 계속했더라면 훌륭한 셰익스피어 전문 배우가 될 수도 있었을 거야. 그럼, 암, 물론이고 말고! 1874년 에드윈 부스가 당시 내가 주연을 맡고 있던 시카고의 극장에 왔었어. 하루는 내가 시저, 그분이 브루투스, 이튿날은 내가 브루투스, 그분이 시저, 내가 오셀로, 그분이 이야고 하는 식으로 무대에 섰단 말이야. 내가 오셀로 역을 하던 첫날 그분이 극장 지배인에게 뭐라고 했는 줄 아니. "저 젊은 친구는 나보다 오셀로 역을 더 잘하는군!" (자랑스럽게) 당대의, 아니 불후의 명배우 부스가 말이야! 그건 사실이었단다! 그때 내 나이 겨우 스물일곱이었어! 이제 돌이켜 보면 그날 밤이 내 배우 인생의 하이라이트였지! 원하는 곳에 서 있었으니까! 그 후로 한동안은 높은 야망을 품고 오직 앞만 보며 달렸어. 네 어머니랑 결혼도 하고. 내가 그 때 어땠는지는 네 어머니한테 차근차근 물어보거라. 네 어머니의 사랑은 내 야망을 더욱 부채질했단다. 그 런데 몇 년 있다가 행운의 탈을 쓴 또 하나의 불행이 엄청난 돈벌이 기회를 가져다준 거야. 처음엔 그렇게 될 줄 몰랐어. 그저 내가 다른 누구보다 잘 해낼 수 있 는 로맨틱한 멋진 역일 뿐이었지. 그런데 처음부터 대 박이 터진 거야. 운명의 장난이 시작되었던 것 아니겠 니. 한 시즌 순이익이 3만 5,000에서 4만이었으니 당 시로서는 어마어마한 돈이었단다. 요즘이라도 마찬가 지고. (통렬하게) 도대체 그 돈으로 뭘 사고 싶어서 그랬 는지…. 하기야, 이제 와서 무슨 상관이냐. 후회해 봐 야 이미 때는 늦었지. (멍하니 손에 쥔 카드를 보면서) 내 차 례 맞는 거 같은데?

에드먼드 (감동받아 이해의 눈길로 아버지를 바라보며 천천히) 잘 말씀 하셨어요. 그렇게 이야기해 주시니 아버지를 훨씬 잘 이해하게 됐어요.

티론 (취기 어린 일그러진 미소를 지으며) 괜히 말했는지도 모르겠구나. 네가 이 아비를 더 경멸하게 만든 건지도 몰라. 게다가 이런 얘기로는 돈의 가치를 가르쳐줄 수도 없잖아. (이 말이 자동으로 습관적인 연상 작용을 일으키듯 못마땅한 눈길로 샹들리에를 흘낏 올려다본다.) 쓸데없이 불이 너무 밝다 보니 눈이 아프구나. 저 불 좀 꺼도 괜찮지, 응? 저것까지 켜놓을 필요가 어딨겠어. 괜히 전기 회사만 좋은 일 시켜주는 거지.

에드먼드 (터져 나오려는 웃음을 억누르며 흔쾌히) 그럼요. 당연하지요. 바로 *끄*세요.

티론 (약간 비틀거리며 힘겨운 듯 일어나서 스위치를 더듬어 찾는다. 그러다 아까 했던 생각이 되살아나서) 도대체 그 돈으로 뭘 사고 싶어서 그랬던 건지 모르겠어. (딸깍 소리를 내며 전구 하나를 끈다.) 난 말이다, 에드먼드. 훌륭한 배우로 성공했더라면, 그래서 그 추억에 젖어 살 수만 있다면 하늘에 맹세코, 내 이름으로 땅 한 뙈기 없어도 좋고 은행에 저축 한 푼 없어도 좋단 말이다. (또 하나를 끈다.) 집도 없이 늙어서 양로원으로 가도 좋아. (세 번째 전구를 *끄*자 이제 독서등만 남는다. 티론, 다시 의자에 털썩 앉는다. 에드먼드, 더 이상 참지 못하고 억눌린 냉소적인 웃음을 터트린다. 티론, 기분이 무척 상해서) 대체 왜 웃는 거냐?

에드먼드 아버지 때문에 웃는 거 절대 아니에요. 인생이 우스운 것 같아서요. 누가 봐도 인생이란 것이 지랄 같잖아요.

티론 (화내며) 또 그놈의 병적인 허튼소리! 인생은 잘못된 거 하나도 없어. 다 우리가…. (연극 대사를 인용하며) "여보 게 브루투스, 우리가 부하가 된 잘못은 우리 운명에 있 는 것이 아니라 우리 자신에 있는 걸세."[12] (잠시 멈추고 는, 슬프게) 내 오셀로 역에 대해서 에드윈 부스가 해준 칭찬이다. 난 극장 지배인한테 그 말을 그대로 써달라 고 했지. 그래서 몇 년 동안 지갑에 넣고 다녔어. 틈만 나면 꺼내 읽었는데 훗날 그걸 보면 가슴이 무너져서 더 이상 볼 수가 없더구나. 그걸 어디 뒀더라? 이 집 어딘가에 있을 거야. 어디 잘 둔다고 뒀는데….

에드먼드 (뒤틀리고 배배 꼬인 비애에 젖어) 다락방 낡은 트렁크 안에 있겠죠. 어머니의 웨딩드레스랑 함께 말이에요. (티론, 노려보자 얼른 덧붙인다.) 제발 부탁인데, 게임이나 계속 하시는 게 어떨까요. (아버지가 낸 카드를 받고 먼저 시작한 다. 한동안 두 사람은 마치 체스 로봇처럼 기계적으로 게임을 이 어간다. 그러다 티론이 이층에서 나는 소리에 귀 기울이며 게임

---

12 셰익스피어, 《줄리어스 시저》 1막 2장에서.

을 멈춘다.)

티론 아직도 돌아다니고 있어. 대체 언제 자려고 저러는 건지.

에드먼드 (절박하게 애원하며) 제발요, 아버지, 신경 좀 끄세요! (술 병으로 손을 뻗어 술을 한 잔 따른다. 티론, 말리려다 포기한다. 에드먼드, 술을 마시고는 이윽고 잔을 내려놓는다. 그러고는 표정이 변한다. 일부러 취기에 젖어 감상적인 태도 뒤에 숨고자 하는 것처럼 떠든다.) 그래요, 어머닌 위층에서 과거 속을 헤매는 유령이 되어 돌아다니고 있고, 우린 여기 앉아서 신경 안 쓰는 척하면서도 쫑긋 귀를 세우고 지붕의 끝자락에서 안개가 떨어지는 소리까지 듣고 있단 말이죠. 태엽이 풀린 시계의 불규칙한 똑딱 소리 같은, 아니면 싸구려 술집의 김빠진 맥주 위에 매춘부가 쓸쓸한 눈물을 후두둑 떨구는 소리 같은 바로 그러한 소리를! (감상적으로 만족해서 웃는다.) 이 정도면 괜찮죠? 끝부분이. 제 창작이랍니다, 보들레르 것이 아니라. 정말이라니까요! (술기운에 수다스러워져서) 아버지께서 인생의 정점 얘길 하셨으니 제 인생의 정점에 대해서도 얘기해 보면 어떨까요? 모든 것이 바다와 관련돼 있어요. 우선 하나는, 부에노스아이레스로 가는 스칸디나비아 범선을 탔을 때였어요. 무역풍이 불고 보름달이 떴었죠. 그 배는 14노트의 속력으로 가고 있었답니다. 전 뱃머리에 누워 고물 쪽을 바라보고 있었고, 제 아래로는 물거품이 일고, 그 위로는 달빛을 받아 하얗게 빛나는 돛들이 높이 솟아 있었어요. 전 그 아름다움과 노래하는 듯한 리듬에 취해 한동안 몰아지경에 빠졌죠. 인생을 다 잊었다고나 할까요. 해방, 그래요, 난 해방되었어요! 바다에 녹아들어 흰 돛과 흩날리는 물보라가 되고, 아름다움과 리듬이 되고, 달빛과 배와 희미한 별들이 박힌 높은 하늘이 됐어요! 전 과거에도 미래에도 속하지 않고 평화와 조화와 미칠 듯한 환희에 속해 있었을 뿐이에요. 제 삶, 아니 바로 우리 인간의 삶, 아니 삶 그 자체보다 더 위대한 무언가, 도대체가 말로 형언할 수 없는 그 무언가에! 아버지가 원하신다면 신이라 해도 좋아요. 그리고 또 한번은 아메리카 정기선이었는데, 돛대 위 망대에 올라 새벽 당직을 서고 있었죠. 그땐 바다가 쥐 죽은 듯 고요했어요. 나른하게 넘실대는 파도 위에서 배는 꾸벅꾸벅 졸고 있는 듯 천천히 흔들리고 있을 뿐이었죠. 승객들은 모두 잠들고 승무원들도 눈에 띄지 않았어요. 인간의 소리라곤 들리지 않은 텅 빈 공간 같은 바로 그 느낌. 제 뒤와 아래에 있는 굴뚝들이 검은 연기만을 마구 토해낼 뿐이었어요. 전 망보던 것도 잊고 그 위에서 홀로 쓸쓸히 꿈을 꾸었죠. 함께 잠들어 있는 하늘과 바다 위로 여명이 마치 채색된 꿈처럼 살그머니 퍼져 나가는 광경을 지켜보면서 말이에요. 그때 바로 그 순간에 놀랍도록 황홀한 해방, 바로 그 순간이 온 거예요. 평화, 탐색의 끝, 마지막 항구, 인간의 더럽고 비참하고 탐욕스런 공포와 희망과 꿈들을 초월할 성취가 주는 환희! 그런 순간들은 몇 번 더 있었죠. 바다 멀리 헤엄쳐 나갔을 때, 해변에 홀로 누워 있을 때도 그런 체험을 했어요. 태양이 되고, 곧바로 이어서 뜨거운 모래가 되고, 다시금 바위에 붙어 파도에 흔들리는 초록의 해초가 되는 거죠. 상상이 되나요. 성자들이 보는 더없는 행복이라고나 할까요. 보이지 않는 손이 만물의 베일을 벗기는 순간이라고 할까요. 한순간 우리는 만물의 신비를 보고, 그러면서 자신도 신비가 되는 거죠. 이 모든 것이 말로 설명할 수 없는 순간들. 순간적으로 의미가 생기는 거예요! 그러다 그 손이 도로 베일을 덮으면 다시금 홀로 안개 속에서 길을 잃고 목적지도, 그럴듯한 이유도 없이 비틀거리며 헤매는 거죠! (쓴웃음을 지으며) 전 인간으로 태어나지 말았어야 했어요. 갈매기나 물고기였으면 훨씬 좋았을 텐데 말이죠. 인간이 되어서인지 모든 것이 언제나 낯설기만 하고,

진정으로 누군가를 원하지도, 누군가가 진정으로 원하는 대상이 되지도 못하고, 어딘가에 속하지도 못하고, 늘 조금은 죽음을 사랑할 수밖에 없게 되어버린 것 같아요!

티론 (감동해서 아들을 응시하며) 그래, 넌 시인의 소질이 있어. (그런 뒤 못마땅해서) 하지만 원하는 대상이 못 된다느니, 죽음을 사랑한다느니 하는 그런 병적인 헛소리는 하지 말자꾸나.

에드먼드 (냉소적으로) 시인의 소질이라고요! 아뇨, 유감스럽게도 전 노상 담배 구걸이나 하는 보통의 인간과 다를 바 없어요. 그런 인간들은 소질조차도 없죠. 그냥 습관이 잖아요. 방금도 아버지께 하고 싶은 말은 따로 있었는데 그 근처에도 다다르지 못했어요. 그냥 더듬거린 것뿐. 전 기껏해야 그 짓이나 하고 살겠죠. 혹시나 살아남는다면. 그래도 최소 충실한 사실주의라고는 할 수 있겠어요. 말 더듬기라는 것이 우리 안갯속을 헤매는 인간들에게 타고난 웅변술이라고 할 수 있지요. (멈춤. 집 밖 현관 계단에서 누군가 넘어지는 것 같은 소리가 들리자 두 사람은 놀라서 움찔한다. 에드먼드, 히죽거리며) 저 소린 누가 그랬는지 알겠네요. 바로 집을 비웠던 형인 것 같아요. 잔뜩 취한 듯요.

티론 (인상 쓰며) 저 망나니 건달 놈! 결국 막차를 잡아탔군. 빌어먹을 차 같으니. (일어서며) 어서 가서 그냥 재워라, 에드먼드. 난 베란다에 나가 있으마. 술 취하면 아무 말이나 하는 놈이라 공연히 울화통만 터지겠지. (제이미가 들어와 현관문을 쾅 하고 닫자, 티론은 옆 베란다로 나간다. 에드먼드, 앞쪽 응접실을 거쳐 비틀거리며 들어오는 형을 웃다는 듯 지켜본다. 제이미, 거실로 들어선다. 잔뜩 취해서 멍하니 서 있다. 눈동자는 풀리고, 얼굴은 부어 있으며, 발음은 불분명하고, 아버지처럼 입이 헤벌어지고, 심술궂은 미소가 입가에 퍼진다.)

제이미 (문간에 비틀거리며 서서 눈을 끔뻑거리고 요란한 소리를 내며) 허허! 허허!

에드먼드 (날카롭게) 큰 소리 내지 마, 형!

제이미 (동생을 힐끔 보며) 이봐, 꼬맹아. (정색하고) 나 죽을 만큼 취했다.

에드먼드 (냉소적으로) 대단한 비밀이군.

제이미 (바보같이 실실 웃으며) 그래. 쓸데없는 기밀이다, 이거지? (몸을 굽히며 자신의 무릎을 찰싹 때린다.) 그건 심각한 사고였어. 현관 계단이 나를 짓뭉개려고 그러잖아. 안갯속에 잠복해 있다가 말이야. 저기 등대 하나 좀 놔야겠어. 여기도 어둡네. (인상 쓰며) 이게 뭐야, 여기가 뭐 시체실이야, 뭐야? 해부용 시체에 불을 비춰야겠군. (키플링의 시를 읊으며 비틀비틀 탁자로 향한다.)

여울, 여울, 카불 강의 여울,

어둠 속의 카불 강의 여울!

말뚝만 따라가면, 어둠 속에서도

카불 강의 여울을 안전하게 건너리.

(더듬더듬하며 가까스로 샹들리에를 켠다.) 이래야지. 가스파르 영감을 타도하라. 구두쇠 영감은 어디 계신대?

에드먼드 베란다.

제이미 설마 우리보고 캘커타 지하 감옥[13] 같은 데서 살라는 건 아니겠지. (가득 찬 위스키병에 시선이 꽂힌다.) 어랏! 내 눈에 헛것이 보이는 건가? (더듬더듬 손을 뻗어 술병을 잡는데) 이거 진짜네. 오늘 밤 노인네가 어떻게 된 거 아냐? 술병을 내놓은 채 나가다니 꽤 취하신 모양이로군. 기회를 놓치지 말아야겠지. 내 성공의 열쇠. (잔이 철철 넘치도록 술을 따른다.)

에드먼드 안 그래도 잔뜩 취했는데 그러다 뻗겠어.

....

13 1756년 6월, 146명의 영국인 포로 중 123명이 더위와 산소 부족으로 하룻밤 사이에 사망한 사건으로 악명 높은 전설의 감옥.

제이미 아이들 집에서 지혜가 나온다더니. 건방지게 그러지 좀 마라, 야 이 꼬맹아. 머리에 피도 안 마른 어린 놈이. (잔을 조심스레 쳐들고 의자에 앉는다.)

에드먼드 좋아. 하고 싶은 대로 맘껏 하셔.

제이미 그게 안 돼. 바로 그게 문제지. 아무리 퍼마셔도 정신은 말짱하다니까. 이걸 마시면 혹시 모르겠지만. (마신다.)

에드먼드 나도 한잔하겠어.

제이미 (갑자기 형답게 걱정하며 술병을 잡는다.) 아냐. 넌 안 돼. 내 앞에서는 안 돼. 의사 선생이 남긴 말 명심해. 네가 죽든 말든 아무도 신경 안 쓴다 해도, 난 달라. 내 동생, 꼬맹이 녀석아, 나 너 많이 사랑하잖아. 다른 건, 다 잃었어. 이제 나한테 남은 건 너뿐이야. (술병을 더 가까이 끌어당기며) 그러니까 너한텐 술 안 줄 거야. (취기에 진실함이 담겨 있다.)

에드먼드 (짜증스럽게) 그런 소리 집어치워.

제이미 (마음 상해서 표정이 굳어진다.) 내가 걱정하는 걸 안 믿는구나, 응? 주정뱅이 헛소리다 이거군. (술병을 동생에게 민다.) 좋아, 마시고 죽어, 그러고 싶다니 어쩌겠어.

에드먼드 (형이 마음 상한 걸 알고, 애정을 담아) 내가 형 맘을 왜 모르겠어. 이제 술 끊을 거야. 하지만 오늘 밤만 마시고. 오늘은 안 좋은 일이 너무 많았어. (한 잔 따른다.) 자, 기분 좋게 마시자고. (마신다.)

제이미 (잠깐 정신을 차리고 연민에 찬 눈길로) 그래, 꼬맹아. 너한테는 지랄 같은 날이었지, 맞다 맞아. (그러곤 냉소적으로) 가스파르는 너한테 술을 금하지 않았겠지. 아마 영세민용 주립 요양원에 들어갈 때 한 상자 들러 보낼걸. 네가 빨리 죽어야 돈이 덜 드니까. (경멸에 찬 증오를 보이며) 그런 인간을 아버지로 두다니! 젠장, 그 인간 얘기를 책으로 쓰면 아무도 안 믿을걸!

에드먼드 (변호하듯) 아버지도 분명 좋은 분이야. 이해하는 마음으로, 유머 감각을 잃지 않고 자세히 들여다보면.

제이미 (냉소적으로) 네 앞에서 또 눈물의 명연기를 펼친 모양이구나. 넌 항상 아버지 연기에 홀딱 속아 넘어가지. 난 아냐. 다신 안 넘어가. (그러곤 천천히) 뭐, 한 가지 불쌍한 게 있긴 있다만. 하지만 그것도 다 자초한 일이야. 자기 잘못이라고. (황급히) 그 얘긴 집어치우자. (다시 몹시 취한 모습이 되어 병을 잡고 한 잔 더 따른다.) 방금 마신 것 때문에 술이 확 오르는걸. 이 잔으로 시작했으니 바로 이 잔으로 끝장을 봐야 하는데. 너 그 요양원이 순 싸구려라는 걸 내가 하디 선생한테서 알아냈다고 기스파르한테 얘기했니?

에드먼드 (마지못해서) 응. 거기 안 가겠다고 했어. 이제 다 해결

된 거지 뭐. 아버지가 나 가고 싶은 데로 가래. (차분하
게 미소 지으며 덧붙인다.) 물론 무리가 안 되는 선에서.

제이미 (취해서 아버지를 흉내 내는데) 물론 어디든 좋아. 무리만
안 된다면. (냉소적으로) 그러니까 싼 곳으로 하라는 거
아니겠냐. 구두쇠 가스파르 영감이랑 똑같다니까, 완
전히. 그 역은 분장 없이도 할 수 있을 거야.

에드먼드 (짜증스럽게) 제발 그만 좀 해. 그 가스파르 소리, 100만
번은 넘게 들었네, 진짜.

제이미 (어깨를 으쓱하고, 쉰 목소리로) 좋아. 네가 좋다면 그렇게
하라고 해. 죽어도 네가 죽는 거고 결정도 네 결정이
니까. 내 말은, 그렇게 안 됐으면 한다는 거지.

에드먼드 (화제를 돌리며) 오늘 시내에서 뭐 했어? 메이미 번즈네
갔었어?

제이미 (만취한 상태로 고개를 끄덕인다.) 당연하지. 거기 말고 어
디서 나한테 어울리는 여자를 찾겠니? 사랑, 사랑을
잊어선 안 된다. 여자의 사랑이 없는 사내는 빈껍데기
에 불과하니까.

에드먼드 (긴장을 풀고 취기에 젖어 킬킬 웃는다.) 형은 괴짜 괴물 그
자체야.

제이미 (오스카 와일드의 '매춘굴'을 신나게 읊는데)

그러곤, 내 사랑을 돌아보며, 나는 말했다네.
"죽은 자들이 죽은 자들과 춤추고,
먼지가 먼지와 함께 소용돌이치고 있구나."

그러나 그녀―그녀는 바이올린 소리를 듣고,
내 곁을 떠나 안으로 들어갔다네.
사랑은 욕정의 집으로 들어갔다네.
그러자 갑자기 불협화음이 나고,
춤추는 이들은 왈츠에 싫증이 나서…

(뚝 끊고는, 쉰 목소리로) 똑같지는 않아. 내 사랑이 곁에
있었는지는 몰라도 난 안 보였으니까. 유령이었나 보
지 뭐. (멈춤) 메이미네 아가씨 중에서 내가 누구를 골
라 사랑을 나눴는지 맞춰봐. 이 말을 들으면 너 분명
비웃을 거다. 바로 뚱보 바이올렛.

에드먼드 (취한 웃음소리를 내며) 설마. 진짜야? 대단한데! 그 여자
한 1톤은 나가잖아. 도대체 왜 그른 거야? 장난이었어?

제이미 장난 아냐. 아주 진지해. 메이미네 가게에 도착했을
때쯤, 나 자신과 세상 모든 주정뱅이 건달이 한심해
서 몹시 서글펐어. 그래서 아무 여자에게나 안겨서 펑
펑 울고 싶었지, 뭐. 왜 알잖아, 위스키 씨가 가슴속에

서 감미로운 음악을 연주하면 어떤 기분이 드는지 말이야. 그런데 안으로 들어가자마자 메이미가 신세타령을 늘어놓잖아. 장사가 안돼서 죽겠다면서 뚱보 바이올렛을 내보내야겠다며 막 뭐라 그러는 거야. 손님들이 바이올렛을 찾질 않으니까. 그래도 데리고 있었던 건 피아노를 칠 줄 알기 때문이었는데, 요새 술독에 빠져서 피아노도 못 치고 자기 재산만 축내고 있다며 마구마구 불평만 늘어놓는 게 아니겠냐. 바이올렛은 착하기만 했지 밥벌이도 제대로 못 할 인간이라 불쌍하긴 해도 사업은 사업이고, 뚱뚱한 창녀들은 데리고 있어 봐야 돈이 안 된다는 거지. 그래서 뚱보 바이올렛이 불쌍해서 네가 준 돈에서 2달러나 내고 이층으로 데리고 올라간 거였어. 흑심 같은 건 없었어. 내가 풍만한 여자를 좋아하는 건 사실이지만 그렇게 풍만한 건 싫거든. 난 그저 인생의 무한한 슬픔에 대해 허심탄회하게 대화나 나누려 했던 거야.

에드먼드 (취해서 킬킬거리며) 불쌍한 바이올렛! 키플링에, 스윈번에, 다우슨의 시들을 읊어대며 "시나라여, 나 그대에게 충실했네. 내 방식대로" 어쩌고 하며 주절댔겠군.

제이미 (헤벌어진 입으로 히죽대며) 당연하지. 위대한 음악가 위스키 씨의 감미로운 음악이 있는데 어찌 그냥 넘어가겠냐고. 바이올렛 말이야, 한동안 참고 있더니 화를 내더라고. 내가 장난으로 데려간 거라 생각하면서 말야. 어찌나 펄펄 뛰면서 소리를 질러대던지. 자기는 시 나부랭이나 읊는 주정뱅이 건달보단 낫다나. 그러 더니 울기 시작했어. 그래서 할 수 없이 그랬지, 네가 풍만해서 좋다고. 그 말을 믿고 싶다고 하도 애걸복걸 해서 증명해 줬지. 그랬더니 또 기분이 좋아져서 나올 때 키스까지 해주면서 그러더라고. 나한테 홀딱 반했 다며. 둘이 현관에서 좀 더 울었어. 이래저래 만사형 통해졌어, 잘 풀렸어. 메이미 번즈가 나를 실성한 놈 으로 여긴 걸 빼면.

에드먼드　(조롱하듯 인용한다.)

　　　창녀들과 쫓기는 자들도
　　　그들 나름의 쾌락을 줄 수 있거늘,
　　　속된 무리는 결코 알지 못한다.

제이미　(취기에 젖어 고개를 끄덕이며) 바로 그거야! 그렇게 보면 즐거운 시간이었단 말이야. 꼬맹이 너도 이 형이랑 같 이 가는 건데. 메이미 번즈가 네 안부 묻더라. 아프다 고 하니까 걱정 많이 하더라고, 진심으로. (잠시 멈춤—

감상적인 기분에 빠져 삼류 배우의 과장된 목소리로 외치며) 동생아, 이 형은 오늘 밤 하늘이 내린 직업을 발견했다! 연기 따윈 쇼하는 물개들에게나 돌려줘야 하는 거 아니냐. 물개들이야말로 연기의 대가니까. 이제 나의 천부적인 재능을 발휘할 수 있는 분야에 뛰어들어 정상에 오르는 거야! 바넘 베일리 서커스단에서 뚱뚱한 여자의 애인으로 나오는 거지! (에드먼드, 소리 내어 웃는다. 제이미, 오만한 태도로 변해서) 쳇! 촌구석 창녀집에서 뚱보한테 안겨 있다니! 왕년에는 나름 브로드웨이 최고 미녀들이 몸이 달아 졸졸 따라다니던 이 몸인데! (키플링의 '방랑자의 세스티나'에서 인용하여)

대체로, 나 안 가본 곳 없다네.
세계 도처에 이르는 행복한 길들은 다 가보았다네.

(몽롱한 우울감에 젖어) 적절한 인용이 아닌 듯해. 행복한 길들은 말이 안 되잖아. 따분한 길들이 맞지 않아? 무(無)의 세계 말이야. 내가 간 곳도 바로 거기란 말이야. 바보들은 인정하지 않겠지만, 결국 우리 모두가 가게 되는….

에드먼드 (조롱하듯) 그만둬! 그러다 울겠어.

제이미 (움찔해 잠시 적의에 찬 눈으로 동생을 노려보다가 쉰 목소리로) 그래 그렇게 하렴, 그렇게 건방 떨지는 말고. (그런 다음 느닷없이) 네 말이 맞아. 우는 소리 집어치워야지! 뚱보 바이올렛은 좋은 여자야. 같이 있어 주길 잘한 거야. 기독교도다운 올바른 행동이었음에 분명해. 우울한 마음을 더없이 달래줬잖아. 멋진 시간이었고. 꼬맹이 너도 같이 가는 건데. 모든 근심 걱정이나 털어버리도록 말이다. 집에 와봐야 해결책도 없는데 기분만 우울해지지. 다 끝났어. 이제. 아무 희망도 없어! (말을 멈추고 술기운을 못 이겨 고개를 끄덕거리는데 이어서 질끈 눈을 감는다. 그러다 갑자기 얼굴을 들고 굳은 표정으로 키플링의 '꺼져버린 불빛'의 헌시 '나의 어머니'를 인용한다.)

　　　나 가장 높은 언덕 위에서 교수형을 당할지라도,
　　　어머니, 나의 어머니!
　　　누구의 사랑이 내 뒤를 따라올지 나는 압니다….

에드먼드 (격하게) 그만해!

제이미 (증오가 담긴 잔인하고 냉소적인 어조로) 마약쟁이는 어디 가셨나? 수무시러 가셨나? (에드먼드, 한 대 맞은 듯 꿈틀한다. 긴장된 침묵이 흐른다. 병색이 짙은, 비탄에 잠긴 얼굴. 이윽고 분노가 치밀어 벌떡 일어난다.)

에드먼드 이 더러운 인간! (형의 얼굴에 주먹을 날리지만 광대뼈를 스치고 만다. 제이미도 싸울 기세로 반쯤 몸을 일으켰다가 뒤늦게 자신이 내뱉은 말에 스스로 충격을 받아 술이 확 깬 듯 힘 없이 다시금 자리에 앉는다.)

제이미 (비참하게) 고맙다, 이 바보 같은 꼬맹아. 내가 맞을 짓했어, 그래 알겠어. 왜 그런 소리가 나왔는지 모르겠구나. 술김에 그만… 나도 모르게, 너도 알잖아.

에드먼드 (분노가 가라앉으며) 취해서 그런 거 알아. 그래도, 형, 아무리 취했어도 그렇지, 어떻게 그런 폭력적인 말을…! (잠시 멈추고, 비참하게) 때려서 미안. 우린 한 번도 싸운 적이 없는데 말이야, 심각하게는. (도로 풀썩 의자에 주저 앉는다.)

제이미 (쉰 목소리로) 괜찮아. 잘 때렸어. 이 더럽고 추악한 혀. 진즉에 잘라버렸어야 하는데 말이야. (두 손으로 얼굴을 감싸 쥐고 멍하니) 너무 절망적이라 그랬나 보구나. 이번에는 어머니에게 완전히 속아버려서 말이다. 진짜 끊을 줄 알았지. 어머닌 내가 최악의 경우만 믿는다고 하지만 이번엔 좋은 쪽으로만 생각하고 있었어. (떨리는 목소리로) 어머니를 용서할 수 없을 것만 같구나. 아직은 말이다. 너무 실망이 커. 이번엔 희망을 가지려고 했었거든. 어머니가 이제라도 이겨내시면 나도 새로 시작할 수 있을 거라고. (흐느끼기 시작한다. 끔찍한 건, 술에 취해 나타나는 쓸데없는 감상적인 눈물이 아니라 맨정신으로 눈물을 흘리는 것처럼 보인다.)

에드먼드 (눈물을 참으려 눈을 끔뻑거리며) 내가 형 마음을 모른다고 생각하는 거야? 이젠 그만해도 괜찮아, 형!

제이미 (울음을 멈추려 애쓰며) 난 너보다 훨씬 오래전부터 어머니 일을 알고 있었어. 처음 알게 되었던 날을 도저히 잊을 수가 없어. 자신에게 주사 놓는 그 무서운 현장을 내 이 두 눈으로 직접 봤거든. 빌어먹을, 창녀들을 제외하고 여자가 마약을 하는 건 상상도 못 했었는데! (잠시 멈추고) 거기다 너까지 폐병에 걸리지 않았겠니. 그 바람에 난 완전히 바닥까지 무너져버렸던 거야. 우린 그저그런 단순한 형제 이상이었잖아. 넌 내 유일한 친구이기도 하고. 너를 정말 사랑한다, 에드먼드. 널 위해서라면 무슨 일이라도 할 수 있단다.

에드먼드 (손을 뻗어 형의 팔을 토닥이며) 알아, 너무 고마워, 형.

제이미 (울음을 그치고 얼굴을 가렸던 손을 뗄군다. 묘하도록 신랄해져버린 어조로) 어머니랑 가스파르 영감이 내게 최악만 바란다고 잔소리하는 걸 너도 분명 들었을 거야. 그래서 말인데 너 지금, 아버지는 늙어서 얼마 못 살 테고 너

까지 죽으면 어머니랑 내가 아버지 재산을 다 차지하
게 될 테니 은근히….

에드먼드 (갑자기 분개해서) 닥쳐, 이 멍청아, 사기꾼 같으니라고!
도대체 왜 그런 생각을 하는 거야? (비난하는 눈길로 노려
보며) 그래, 바로 그거였구나. 왜 그런 생각을 한 거지?

제이미 (당황하여, 다시 취기를 드러내며) 이 바보야! 말했잖아! 나
는 최악의 상황만 바란다는 의심을 받는 놈이라고. 그
래서 이제 나도 어쩔 수가…. (술김에 화내며) 너 나한테
지금 뭐하는 거야, 비난하는 거야? 내 앞에서는 잘난
척 그만해도 돼! 넌 평생을 살아도 나만큼 인생을 모
를 거야! 유식한 글깨나 읽었다고 사람 우롱할 생각은
하지 마, 그딴 짓이나 하려 하다니! 넌 덩치만 컸지 애
나 다름없어! 어머니의 그냥 어린 아기일 뿐 아냐, 아
버지의 귀염둥이, 딱 그 정도잖아! 집안의 기대주! 촌
구석 신문에 시 몇 편 쓴 게 뭐 별 건 줄 아냐! 야, 나
도 대학 다닐 때 그보다 나은 작품들을 문학잡지에 냈
었어, 어디서 감히 까불고 잘난 척하는 거야! 그러니
까 그만 꿈 깨서! 넌 지금 세상에 이름을 떨치고 있는
게 아니니까! 촌구석 얼간이들이 장래가 촉망된다느
니 어쩌니 하면서 듣기 좋은 소리로…. (갑자기 스스로
에 대한 혐오감과 괴로움에 가득 찬 목소리로 변한다. 에드먼드,

형의 공격을 무시하려 애쓴다.) 젠장, 이 꼬맹이 녀석아. 못 들은 걸로 해라. 무시해 버려. 진심으로 한 말이 아니 란 건 알지? 다 네가 잘되기 시작했을 때 난 그 누구보 다 자랑스러웠어, 이건 진심이야. (취한 김에 단정적으로) 아, 왜 아니겠냐? 그것도 순 이기심인데. 네가 잘되면 나한테 공이 돌아올 거 아냐. 너를 이만큼 키웠으니 공을 받아야 할 사람은 바로 나 아니겠어. 여자 문제 만 해도 이 형님의 가르침 덕분에 여자들한테 당하지 도 않고 원치 않는 실수를 저지르지도 않았잖아! 그리 고 너한테 처음 시를 읽게 한 사람이 누구? 예를 들어 스윈번은? 바로 나잖아, 이 녀석아! 내가 한때 글을 쓰 고 싶은 꿈을 품었었기 때문에 너한테도 언젠가 글을 써야 한다는 생각이 심어진 거야! 젠장, 넌 나한테 동 생 이상이야. 내가 너를 만들었단 거야, 바로 그 말을 해야겠어! 넌 나의 프랑켄슈타인이라고, 바로 그거야! (술김에 오만방자해져 있다. 에드먼드, 이제 재미있는 듯 히죽거 린다.)

에드먼드 그래, 난 형의 프랑켄슈타인이네. 그러니 술이나 마시 자고. (소리 내어 웃으며) 형은 미쳤으니까!

제이미 (쉰 목소리로) 난 마시겠지만 넌 안 돼. 몸조심해야지. (맹목적인 사랑이 담긴 바보 같은 미소를 지으며 동생의 손을 와

락 잡는다.) 요양원 문제 때문에 겁먹을 것 없어. 넌 물
구나무를 서더라도 이겨낼 수 있어. 6개월만 가 있으
면 생생하고도 건강한 핏기가 온몸을 타고 돌 거야.
어쩌면 폐병이 아닐 수도 있겠네. 의사 중에는 사기꾼
이 많잖아, 너도 알다시피. 몇 년 전에 나한테도 술을
끊지 않으면 금방 죽을 거라고 했는데 이렇게 멀쩡히
살아 있잖아. 의사들은 하나같이 사기꾼들이야. 돈 뜯
어내려고 별짓을 다 하는 거지. 이번 주립 요양원 건
도 뇌물을 받아먹었을 거야. 의사들은 그런 데 환자를
보낼 때마다 얼마씩 받거든.

에드먼드 (넌더리가 나면서도 재미있어하며) 정말 못 말려! 형은 아마
최후의 심판 때도 사람들을 붙잡고 그런 소리나 하고
다닐걸.

제이미 내 말이 맞을걸. 심판관한테 잔돈 몇 푼이라도 찔러주
면 구원받는 거고 빈털터리면 지옥 가는 거지! (불경한
말을 해놓고도 히죽히죽 웃는다. 에드먼드도 웃지 않을 수 없다.
제이미, 계속 말을 이어서) "그리 하니 수중에 돈을 지녀
라."[14] 그게 유일한 비결이지. (조롱조로) 내 성공의 비
결이기도 하고! 덕분에 이 꼴이 된 거잖아! (에드먼드, 술

---

14 셰익스피어, 《오셀로》 1막 3장에서.

을 한 잔 가득 따라서 꿀꺽꿀꺽 마시도록 내버려둔다. 애정이 담긴 몽롱한 눈으로 동생을 바라보다가 다시 동생의 손을 잡고는 쉰 목소리로 이어서, 묘하게 진지한) 잘 듣거라, 이 꼬맹아. 이제 넌 떠날 테니, 다시는 얘기할 기회가 없을지도 모르겠다. 진심을 털어놓을 수 있을 정도로 취할 기회가 없을 거라고 하는 게 맞겠지. 그래서 지금 말해야겠다. 오래전 했어야 할 말인데, 너를 위해서 말이야. (말을 끊고 자신과 싸운다. 에드먼드, 감동에 취하면서도 한편으론 불안한 마음으로 지켜본다. 제이미, 불쑥 말을 꺼낸다.) 이건 취해서 하는 헛소리가 아니라 '취중진담'이란 거야, 취하니까 불쑥 나오는 바로 그런 진담, 진짜 속마음, 내 마음. 그러니까 진지하게 들어봐. 나를 조심하는 게 좋겠지. 어머니, 아버지 말씀이 옳아. 내가 너를 타락시켰어. 일부러.

에드먼드 (불안해서) 그만해! 듣고 싶지 않으니까….

제이미 쉿! 잠자코 들어! 널 건달로 만들려고 일부러 그랬던 거야. 내 마음의 한 부분이 그렇게 한 거라니까. 커다란 그 한 부분이 해낸 거지. 그런데 그 한 부분은 이미 오래전에 죽었어. 그래서 삶을 증오하지. 나의 실패는 보고 배우도록 너한테 세상을 알려줬다는 거. 가끔은 나 자신도 그렇게 믿지만 그건 거짓이란 말이야. 내

225

실패들은 그럴 듯하게 위장하고, 취하는 걸 낭만처럼 보이게 했다니까. 가난, 어리석음, 더러움 그 자체의 존재에 지나지 않는 창녀들은 매혹적인 흡혈귀마냥 만들고, 노동을 바보들이나 하는 짓이라며 징그러우리만치 조롱했지. 난 네가 성공하는 게 싫었어. 그러면 비교돼서 내가 더 한심하게 보일 테니까. 네가 실패하기를 바랐지. 항상 너를 질투했어, 사실은. 어머니의 아기, 아버지의 귀염둥이! (점점 더 적의에 차서 에드먼드를 노려본다.) 그리고 네가 태어나서 어머니가 마약을 시작한 거야. 네 탓이 아니란 사실을 알면서도 그래도, 빌어먹을, 너에 대한 증오를 억누를 수가…!

에드먼드 (겁에 질리다시피 해서) 형! 집어치워! 형은 미쳤어! 제정신이 아니야.

제이미 그래도 오해는 마라, 꼬맹아. 너를 미워하는 마음보다는 사랑하는 마음이 더 크단다. 지금 이런 말을 하는 것도 너를 사랑하기 때문이지. 네가 미워할 것을 알면서도 털어놓는 거니까. 그리고 나한테 남은 건 너뿐이야. 아까 마지막 말은 작정하고 한 말이 아냐. 그런 케케묵은 얘기까지 들추다니, 내가 왜 그랬는지 모르겠다. 내가 너한테 하고 싶었던 말은, 네가 멋지게 성공하는 모습을 보고 싶다는 거야. 하지만 조심하는 게 좋아. 내가 너를 망쳐놓기 위해 온갖 방법을 쓸 테니까. 어쩔 수가 없어. 난 자신을 증오해. 난 복수를 해야 해. 세상 모든 사람한테. 특히 너한테. 오스카 와일드의 '레딩 감독'이라는 시에도 뒤틀린 멍청이가 나오지. 그는 자기가 죽었기 때문에 자기가 사랑하는 것을 죽여야만 하지. 나도 마찬가지야. 나의 죽은 부분이 네 병이 낫지 않기를 바라고 있어. 어쩌면 어머니가 다시 무릎을 꿇고 만 것도 기뻐하고 있을지 몰라! 그는 동지를 원하지. 혼자서만 시체가 되어 집안을 돌아다니고 싶지는 않거든! 이게 바로 진정한 내 마음이야. (고통에 찬 냉혹한 웃음소리)

에드먼드 형! 정말 미쳤구나! 이렇게나 제정신이 아니었구나!

제이미 잘 생각해 보면 내 말이 옳다는 걸 알게 될 거야. 나한테서 멀어져 요양원에 들어가 있을 때 잘 생각해 봐. 나를 없애버리겠다는 결심마저 굳혀야 해. 네 인생에서 나를 몰아내 버려, 끝도 없이. 내가 죽었다 생각하고 그렇게 말해. "내겐 형이 있었지만 죽었어요"라고. 그러곤 다시 돌아오면 나를 조심하는 거야. 난 '하나뿐인 친구'니 어쩌니 하면서 반갑게 손을 내밀겠지만, 기회만 오면 네 등을 찌르겠다 다짐할 테니까.

에드먼드 입 닥쳐! 더 이상 듣고 싶지….

제이미 (못 들은 척) 그래도 이 형을 잊지는 마라. 너를 위해 경고해 줬다는 사실도. 그것만은 인정해 줘. 자신으로부터 형제를 구하나니, 이보다 큰 사랑은 없도다.[15] (만취해서 고개조차 제대로 가누지 못하며) 그게 전부야. 이제 한결 마음이 가볍구나, 고백하니까. 넌 나를 용서할 거야, 그렇지, 꼬맹아? 넌 이해할 거야. 넌 좋은 녀석이잖아. 그래야지. 내 작품인데. 가서 다 낫거든 무사히 돌아와라. 나를 두고 죽으면 안 돼. 나에게는 너만 남아 있으니까. 신의 은총이 있기를. (눈이 감기며 웅얼거린다.) 마지막 잔에… 이렇게 가는구나. (술기운에 깜빡 졸지만 완전히 잠든 것은 아니다. 에드먼드, 비참함으로 두 손에 얼굴을 묻는다. 티론, 현관문을 열고 살그머니 들어온다. 가운이 안개에 젖어 있고 옷깃이 세워져 있다. 혐오하는 엄격한 표정이면서도 연민이 엿보인다. 에드먼드, 아버지가 들어온 사실을 알지 못한다.)

티론 (소리 낮춰) 잠들어서 다행이다. (에드먼드, 놀라서 눈을 든다.) 밤새 지껄일 줄 알았는데. (가운데 옷깃을 내리며) 그냥 저대로 자게 놔두는 게 낫겠다. (침묵을 지키는 에드먼드. 티론, 유심히 에드먼드를 보다가 말을 잇는다.) 네 형이 마

---

15 요한복음 15장 13절, '벗을 위하여 목숨을 바치니, 이보다 큰 사랑은 없도다'의 패러디

지막에 한 말, 들었다. 내가 너한테 경고한 그대로더

구나. 제 입에서 나온 말이니 명심해라. (에드먼드, 그 말

을 들었는지 못 들었는지 무반응이다. 티론, 애처로워하며 덧붙

인다.) 너무 심각하게 받아들이지는 말거라. 네 형은

원래 술만 취하면 제 나쁜 점을 과장하기 좋아하는 것

너도 잘 알잖니. 네 형은 너를 몹시 사랑해. 그거 하난

기특하지. (침통하게 제이미를 내려다보며) 참 보기 좋구

나, 이 모습 말이다! 가문의 이름을 빛내 주길 바랐던

맏아들이란 놈이, 그토록 장래가 촉망되던 놈이 이렇

게나!

에드먼드 (비참하게) 아버지, 조용히 좀 해주실 수 없을까요?

티론 (한 잔 따르며) 쓰레기 같은 녀석! 볼장 다 본 답도 없는

주정뱅이라니! (술을 마신다. 아버지가 계심을 알아챈 제이미,

정신 차리려 애쓴다. 가까스로 눈을 뜨고 깜빡거리며 아버지를

쳐다본다. 티론, 표정이 굳어지며 방어적으로 한 발짝 물러난다.)

제이미 (갑자기 손가락으로 아버지를 가리키며 극적인 강세를 넣어 낭송

하는데)

클래런스가 왔다. 거짓되고 덧없는 위증자 클래런

스.

튜크스베리 전투에서 나를 찌른다.

복수의 여신이여, 그를 붙잡아 고통을 주소서.[16]

(그러곤 화를 내며) 뭘 보세요? (로세티의 시를 냉소적으로 암
송하며)

내 얼굴을 보게. 내 이름은 '더 훌륭해졌을지도 모를',
혹은 '더는 아닌', '늦어버린', '안녕'이라고도 불리지.[17]

티론 나도 잘 안다. 그 얼굴, 보고 싶지도 않아.

에드먼드 아버지! 제발 그만요, 그만!

제이미 (조롱하는데) 아버지, 끝내주는 아이디어가 있어요. 이
번 시즌에 〈종〉을 무대에 올리는 거예요. 아버지한테
딱 맞는 끝내주는 역할이 있어요. 분장도 필요 없으니
까요. 구두쇠 가스파르 영감 있잖아요! (티론, 화를 억누
르며 애써 외면한다.)

에드먼드 닥쳐 제발 좀, 형!

제이미 (놀리듯) 에드윈 부스 같은 배우도 훈련받은 물개만큼
연기를 잘할 순 없었을걸요. 물개는 영리하고도 정직

16 셰익스피어, 《리처드 3세》 1막 4장에서
17 단테 가브리엘 로세티, 《생명의 집》에서

한 동물이잖아요. 자신의 연기력을 두고 허세조차 부릴 줄 모르는. 생선을 받아먹으려고 연기하는 삼류라는 걸 인정하는 동물이니까요.

티론 (아픈 데를 찔리고 분연히 돌아선다.) 이 쓸데기 없는 쓰레기 건달 놈!

에드먼드 아버지! 소란을 피워서 어머니를 내려오게 하고 싶으세요? 형도 잠이나 자는 게 좋겠어! 그만큼 난리 피우면서 떠들었으면 됐어. (티론, 고개를 돌린다.)

제이미 (쉰 목소리로) 알았다, 꼬맹아. 나도 더는 싸우고 싶지 않아. 졸려 미치겠다. (다시 눈을 감고 꾸벅꾸벅 존다. 티론, 탁자로 가서 제이미가 보이지 않도록 의자를 돌려 앉는다. 그 역시 곧바로 졸음이 몰려온다.)

티론 (졸린 목소리로) 네 어머니가 계속 잠들었으면 좋겠다. 그래야 나도 잠들 수 있으니. (몽롱한 기분으로) 이미 녹초가 되어버렸어. 이젠 옛날처럼 밤도 못 새, 늙은이가 되어버렸으니까. 나도 결국 이렇게 되는구나. (입이 찢어지도록 하품하며) 눈이 떠지질 않는구나. 눈 좀 붙여야겠어. 에드먼드 너도 좀 자거라. 네 어머닌 시간이 좀 걸려야…. (말끝을 흐린다. 눈이 스르륵 감기고 턱을 떨구더니 입으로 거친 숨소리를 내기 시작한다. 에드먼드, 잔뜩 긴장해 앉아 있다. 무슨 소리를 듣고는 초조하게 몸을 앞으로 기울이

고 앞쪽 응접실을 통해 이어진 현관을 뚫어지게 바라본다. 그러
다 정신없이 쫓기는 듯한 얼굴로 벌떡 일어난다. 순간 뒤쪽 응접
실로 숨을 듯한 기세를 보인다. 다시 앉아 시선을 돌리고 의자 팔
걸이를 꽉 잡고 기다린다. 갑자기 앞쪽 응접실 벽의 스위치가 올
라가면서 샹들리에의 등 다섯 개가 모두 켜지고, 잠시 후 그곳에
서 누군가가 피아노 연주를 시작한다. 쇼팽의 쉬운 왈츠 곡 가운
데 하나의 첫 부분으로, 실력이 아직은 서툰 여학생이 처음 연습
하는 것처럼 더듬거리며 뻣뻣하게 친다. 티론, 잠이 확 깨서 겁먹
은 표정이 되고, 제이미, 고개를 휙 젖히더니 눈을 뜬다. 잠시 그
들은 얼어붙은 듯 감상하고 있다. 피아노 소리가 갑자기 뚝 끊기
더니 메리가 문간에서 나타난다. 잠옷 위에 하늘색 가운을 걸치
고 맨발에 방울이 달린 멋진 슬리퍼를 신고 있다. 그 어느 때보
다 얼굴은 창백하고, 유난히 커 보이는 눈은 검은 보석처럼 빛난
다. 얼굴이 너무 젊어 보여 섬뜩할 정도다. 세월을 비껴간 주름살
이 싹 다려져 없어진 듯하다. 소녀와 다름없는 순수라는 대리석
가면을 쓴 듯한 얼굴이고 입가에는 수줍은 미소를 띤다. 흰머리
는 두 갈래로 땋아 가슴 위로 늘어뜨렸다. 레이스 장식이 달린 구
식 웨딩드레스를 한쪽 팔에 걸치고 있는데, 그걸 들고 있는 것조
차 잊은 듯 아무렇게나 바닥에 질질 끌리도록 내버려두고 있다.
그녀는 문간에서 주저하며 실내를 둘러본다. 당황하며 이마를 찌
푸리고 있는 모습을 보니 뭔가 가지러 왔다가 무엇이었는지 깜빡

잊은 사람 같다. 모두 그녀를 바라본다. 그런 그들을 그녀는 방 안의 다른 사물을 보듯, 즉 가구나 창문 같은 익숙한 물건처럼 당연히 그곳에 속한 것이라도 되는 듯 기계적으로 받아들이되 자기 생각에 몰두해서 알아보지 못하는 듯 볼 뿐이다.)

제이미 (완전한 침묵을 깨며, 방어적이고 냉소적인 태도로 신랄하게) 미친 장면. 드디어 오필리아의 등장! (아버지와 동생이 사납게 돌아본다. 에드먼드의 동작이 훨씬 빠르다. 그는 손등으로 형의 입을 때려버린다.)

티론 (억눌린 분노와 떨리는 목소리로) 잘했다, 에드먼드. 순 망나니 같으니라고! 제 어머니한테 감히 그런 흉악한 말을!

제이미 (화도 내지 않고 죄스러워하며 웅얼거린다.) 좋아, 꼬맹이, 내가 맞을 짓을 했어. 하지만 아까도 말했다시피 기대가 너무 컸기에…. (손으로 얼굴을 가리고 흐느낀다.)

티론 무슨 일이 있어도 내일 당장 쫓아내고 말 테다, 버르장머리 없는 녀석 같으니라고. (큰아들의 흐느낌에 노여움이 풀려 돌아서서 그의 어깨를 흔들며 애원한다.) 제이미, 제발 좀 그쳐라! (메리가 말하자 모두 다시 침묵에 빠져 그녀를 바라본다. 그녀는 이제까지 일어난 일에는 관심도 없다. 그것은 마치 방안의 익숙한 분위기의 일부로, 그녀가 몰입한 세계에 영향을 미치지 않는, 하나의 배경에 불과하다. 그녀는 그들에게 이야기한다기보다 혼잣말하듯 말할 뿐이다.)

메리 이래저래 너무나도 엉망이지? 연습을 했어야 말이지. 테레사 수녀님한테 무척 혼날 거야, 그래도 뭐 할 말은 없다만. 특별 레슨을 받을 수 있게 그렇게 많은 돈을 보내시는 아버지를 생각해서라도 이래서야 되겠냐고 하시겠지. 그 말씀이 옳기는 해, 맞지 맞어. 아버지가 내게 얼마나 잘해 주시고 얼마나 끔찍이도 나를 자랑스러워하시는데 이래선 안 되지, 물론. 이제부터 매일 연습이야. 하지만 손에 끔찍한 일이 일어나서 어떻게 해야 할까. 손가락이 너무 뻣뻣해져서…. (손을 들고 겁에 질린 당황한 눈빛으로 여기저기 자세히 살핀다.) 관절이 온통 퉁퉁 부었어. 보기에도 너무 흉해. 양호실에 가서 마사 수녀님께 보여야겠어. (애정과 신뢰가 담긴 상냥한 미소를 지으며) 늙고 좀 괴팍하긴 해도 난 그분이 좋단 말이야. 그분의 약상자만 있으면 무슨 병이든 고칠 수 있거든. 그분은 손에 바를 약을 주시면서 성모님께 기도드리면 금방 나을 거라고 말씀하시겠지. (손에 대해서는 완전히 잊고 나서 웨딩드레스를 질질 끌며 거실로 들어온다. 다시금 이마를 찡그리고는 허망한 눈빛으로 방안을 둘러본다.) 가만 있어 보자. 내가 여기 뭣 때문에 왔더라? 정말 끔찍하다니까. 건망증이 얼마나 심한지 아무것도 생각이 안 나. 항상 꿈만 꾸는 듯하고 늘 잊어버리고 있으니.

티론 (소리 죽여) 네 어머니가 가지고 온 게 뭐냐, 에드먼드.

에드먼드 (멍하니) 웨딩드레스 같은데요.

티론 젠장! (일어나서 아내의 길을 막고 선 채 슬픔이 차올라) 메리! 정말이지 이렇게까지….(자제하며, 부드럽게 달랜다.) 자, 이리 줘요. 이러다 밟아서 찢어지겠어요. 바닥에 질질 끌려서 더러워지면 어쩌려고. 나중에 후회할 거란 말이에요. (메리, 마음속 아득히 먼 곳에서 바라보듯 남편을 알아보지 못하고 애정도 증오도 없이 응시하며 잠자코 웨딩드레스를 건넨다.)

메리 (예의 바른 한 소녀가 자신의 짐을 들어주는 나이 지긋한 신사에게 하듯 수줍고 공손하게 말한다.) 고맙습니다. 정말 친절하시네요. (어리둥절해하면서도 관심 있게 웨딩드레스를 보며) 웨딩드레스네요. 정말 예쁘죠? (얼굴에 어두운 그림자가 스치고 불안해하는 모습이다.) 이제야 기억이 나네. 다락방 트렁크에서 찾았어요. 그런데 도대체 내가 이걸 왜 찾았는지 모르겠어요. 난 수녀가 될 건데 말이죠, 굳이. 그러니까, 그걸 찾기만 하면…. (다시 이마를 찡그리고 방 안을 둘러본다.) 뭘 찾고 있었더라, 도대체 그게 뭐였더라? 잃어버린 거였는데. (이제 티론의 존재를 앞길을 가로막는 장애물로 인식하고 그에게서 살짝 물러선다.)

티론 (절망적인 애원을 담아) 메리! (메리는 자기 생각에 골몰해 그 소리를 듣지 못한다. 티론, 어쩔 수 없이 체념하고 움츠러든다. 이제 그의 방어막 노릇을 하던 취한 기분마저도 싹 가서 맨정신으로 괴로움을 견딘다. 어색해하면서도 웨딩드레스를 소중하게 받쳐 든 채 의자에 털썩 주저앉는다.)

제이미 (얼굴을 가렸던 손을 떨구고 탁자 위를 응시한다. 그 역시 술이 완전히 깼다. 힘없이) 소용없어요, 아버지. (스윈번의 '작별'을 꾸밈없이, 비통함을 담아 멋지게 읊기 시작한다.)

우리 일어나 작별하세, 그녀는 모를 것이니.
큰 바람인 듯 바다로 가세,
모래와 물거품 온통 흩날리며, 여기 있는 들 무슨 소용이랴?
아무 소용 없네, 이 모든 것이 그러하고,
온 세상이 눈물처럼 쓰라리거늘.
이것들이 그러함을, 그대 아무리 보여주려 애써도,
그녀는 알지 못하네.

메리 (주위를 둘러보며) 꼭 필요한 건데. 아주 잃어버렸을 리가 없는데. (제이미의 의자 뒤를 돌아간다.)

제이미 (고개를 돌려 어머니의 얼굴을 들여다본다. 그러다 자기도 모르게 애원한다.) 어머니! (메리, 듣지 못하고, 제이미, 절망에 가득 차서 외면한다.) 젠장! 이게 다 무슨 소용이란 말이야. 아무 소용 없다고. (더욱 비통하게 '작별'을 읊는다.)

그러니 가세. 나의 노래들이여. 그녀는 듣지 못할 것이니.
그러니 두려워 말고 함께 가세.
노래 시간은 끝났으니.
이제 침묵을 지키세.
지난 모든 일도, 소중한 일도 끝났으니.
우리가 그녀를 사랑하는 것처럼 그녀를 그대들도 나도 사랑하지 않네.
정녕, 우리가 그녀의 귀에 대고 천사처럼 노래하더라도,
그녀는 들질 않네.

메리 (주위를 둘러보며) 꼭 필요한 건데. 그게 있었을 때는 전혀 외롭지도 않고 두려움도 없었어. 영영 잃어버렸으면 절대 안 돼. 그런 생각만 해도 난 죽어버릴 거야. 그렇다면 아무 희망도 없는 거잖아. (몽유병자처럼 제이미의 의자 뒤를 돌고 에드먼드의 뒤를 지나 왼쪽 앞으로 걸어 나온다.)

에드먼드 (충동적으로 몸을 돌려 어머니를 잡는데, 고통스러워 어쩔 줄 모

르는 아이 같은 태도로 애원한다.) 어머니! 여름 감기가 아니에요! 전 사실 폐병이란 말이에요!

메리 (그 소리가 그녀의 마음에 파고든 듯하다. 온몸을 떨며 겁에 질린다. 그러곤 자신에게 명령하듯 미친 소리를 낸다.) 아냐, 절대 아니야! (즉시 현실에서 멀어진다. 부드럽지만 아무 감정도 없이 속삭일 뿐) 날 만지지 마. 날 잡지도 마. 난 수녀가 되고 싶으니까. 누구라도 절대 그러면 안 돼. (에드먼드, 어머니의 팔을 잡았던 손을 조심스레 놓는다. 메리, 왼쪽으로 가서 창가에 놓인 소파에 앉는다. 손을 포개어 무릎 위에 놓고 정면을 똑바로 보고 있는 모습이 가녀린 여학생과 같다.)

제이미 (에드먼드를 동정하면서도 한편으로 고소해하는 야릇한 시선) 이 바보 꼬맹아. 이젠 다 소용없다니까. (다시 한 번 스윈번의 시를 읊는다.)

그러나 우리 가세, 가세나. 그녀는 보지 않을 것이니.
모두 한 번 더 노래하세. 분명 그녀도,
그녀도, 지난날의 충격을 떠올리고,
우리를 살짝 돌아보며, 한숨을 지을 것이니. 그러나
우리,
가버리네, 사라지네, 그곳에 있었던 적도 없는 듯.
아아, 보는 이들 모두 나를 불쌍히 여겨도,

그녀는 보지 않네.

티론 (망연자실에서 벗어나려 애쓰며) 신경 쓰면 그 자체로 바보 짓이지. 그놈의 저 독 때문이야. 하지만 저렇게까지 깊이 빠졌던 적은 없었는데. (거칠어진 목소리로) 그 술병 이리 다오, 제이미. 그리고 그런 병적인 시는 읊지 말았으면 좋겠다. 내 집에선, 제발! (제이미, 아버지에게 술병을 민다. 티론, 한쪽 팔과 무릎에 웨딩드레스를 조심스럽게 걸쳐 놓은 채 술을 따른 뒤 병을 도로 민다. 제이미, 자기 잔에 술을 따른 뒤 에드먼드에게 술병을 돌리고 에드먼드도 한 잔 따른다. 티론이 잔을 들자 아들들도 기계적이자만 함께 든다. 그들이 술을 마시기 전에 메리가 말을 시작한다. 모두 천천히 탁자에 잔을 내려놓는데)

메리 (꿈꾸듯 정면을 바라본다. 얼굴은 이상할 정도로 젊고 순수해 보인다. 입가에 수줍어하는 열정과 신뢰가 담긴 미소를 머금고는 소리 내어 혼잣말을 중얼거린다.) 엘리자베스 원장 수녀님과 면담했어요. 참 자상하고 좋으신 분이지요. 이 땅의 성자나 다름없으시지. 난 그분을 정말 사랑해. 이런 말 하면 벌 받을지 몰라도, 난 우리 어머니보다 그분이 더 좋단 말이야. 그분은 늘 이해해 주시니까. 말하지 않아도 괜찮아. 그분의 자상한 푸른 눈은 나의 마음을 꿰뚫어 보지. 그래서 그분께는 아무것도 감출 수가 없어. 그분 앞에선 숨기고 싶어도 그럴 수가 없어. (약간 반항적으로 고개를 들고, 소녀처럼 발끈해서) 그런데 말이야, 이번엔 내 마음을 몰라주셨단 거지. 난 그분께 분명히 수녀가 되고 싶다고 말씀드렸어. 천주님의 부르심을 확신한다고 말한 다음, 이제까지 성모님께 확신을 달라고, 내가 그럴 만한 가치가 있는 존재라는 걸 깨닫게 해달라고 기도하고 또 기도해 왔다고 설명했어. 호수의 작은 섬에 루르드 성당에서 기도를 올리다가 정말로 성모님의 환영을 봤다고 말씀드렸단 말이야. 내가 거기서 무릎을 꿇었던 것을 확신하듯 성모님이 내게 미소 지으시며 허락하신 것을 확신한다고 말씀드렸던 거야. 그런데도 원장 수녀님은 그것보다 더 확신을 가져야 한다며 강조하셨어. 그게 상상이 아니었다는 걸 증명해야만 한다고 하셨어. 그러면서 그렇게 확신이 있다면 자신을 시험해 보라고도 하셨지. 졸업하고 고향에 돌아가서 다른 친구들처럼 파티도 가고 춤도 추고 즐기면서 살다가 1~2년 후에도 그 마음 그대로라면 그때 다시 와서 얘기해 보자고 하셨지. (고개를 홱 돌리고, 분개해서) 원장 수녀님께서 그렇게 말씀하실 줄은 꿈에도 몰랐어! 정말 충격이었지.

물론 그 말씀을 따르겠다고 맹세했지만, 그건 시간 낭비 아니겠어. 원장 수녀님 방을 나와서 혼란스러운 마음에 성당에서 성모님께 기도를 올렸더니 다시 마음이 평화로워졌어. 성모님께서는 내 기도를 들어주시니까, 항상 나를 사랑해 주시고 내가 신앙을 잃지 않는 한 내게 불행이 닥치지 않도록 지켜주실 테니까. (여기서 잠시 멈춘다. 커져 가는 불안함이 얼굴을 덮는다. 머리에 들러붙은 거미줄을 치우듯 한 손으로 이마를 쓸어내고는 멍한 표정으로) 그게 졸업하던 해 겨울의 일이었지. 그리고 봄에 일이 생겼어. 그래, 똑똑히 기억나. 난 제임스 티론과 사랑에 빠졌고 얼마 동안은 꿈같이 행복했지. (슬픈 꿈에 젖어 정면을 응시한다. 티론, 의자에 앉은 채 몸을 꿈틀거린다. 에드먼드와 제이미, 미동도 하지 않고 있다.)

막

1940년 9월 20일,
타오 하우스에서

밤으로의 긴 여로

1판 1쇄 인쇄 2025년 6월 17일
1판 1쇄 발행 2025년 6월 25일

지은이   유진 오닐
옮긴이   조기준
발행인   조은희
발행처   아토북

등 록   2015년 7월 31일(제2015-000158호)
주 소   (10261) 경기도 고양시 일산동구 성현로659번길 143
전 화   070-7537-6433
팩 스   0504-190-4837
이메일   attobook@naver.com

ISBN 979-11-90194-21-1 03840